당신에게 꼭 들려주고 싶은 감동의 이야기

초판 1쇄 인쇄일 2015년 08월 10일
초판 1쇄 발행일 2015년 08월 14일

지은이 유병권
펴낸이 김양수
편집·디자인 육효주
교 정 장하나

펴낸곳 도서출판 맑은샘
출판등록 제2012-000035
주소 경기도 고양시 일산서구 중앙로 1456(주엽동) 서현프라자 604호
대표전화 031.906.5006 **팩스** 031.906.5079
이메일 okbook1234@naver.com
홈페이지 www.booksam.co.kr

ISBN 979-11-5778-061-7 (03810)

「이 도서의 국립중앙도서관 출판시도서목록(CIP)은 서지정보유통지원 시스템 홈페이지(http://seoji.nl.go.kr)와 국가자료공동목록시스템(http://www.nl.go.kr/kolisnet)에서 이용하실 수 있습니다.(CIP제어번호: CIP2015021834)」

당신이 소중하게 여겼던 사랑의 기억들을 되돌려드립니다.

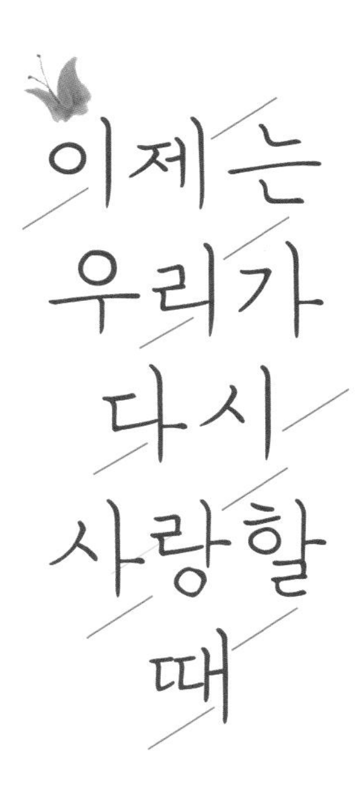

유병권 번역 · 지음

Contents

필자가 겪거나 들었던 이야기를 일부 재구성하거나 작자 미상의 외국 글들을 번역하고 각색하여 실었음을 알려드립니다.

유명한 정치가 벤저민 프랭클린은 '쓰고 있는 열쇠는 항상 빛이 난다'는 말을 남겼습니다. 열쇠가 반짝반짝 윤이 나려면 자주 쓰여야 한단 뜻이겠지요. 똑같은 열쇠라도 지하 창고나 다락방 열쇠처럼 어쩌다 한 번 쓰이고 방치된다면 그 열쇠는 금방 녹이 슬어 색깔이 변하고 서서히 잊혀진 존재가 되고 말 것입니다. 뿐만 아니라 열쇠의 진정한 가치는 굳게 닫힌 문을 열어 누군가를 들어가게 해 주는 통로를 만들어 주는데 있습니다. 우리의 삶도 마치 열쇠처럼 우리 자신뿐만 아니라 누군가의 마음을 연결해주는 소중한 존재였으면 합니다. 사랑을 잃고 단절과 고립 속에 사는 사람들의 마음의 빗장을 열어 주고 삶의 희망과 기쁨을 전달하는 축복의 연결 고리가 되었으면 좋겠습니다. 행복은 움켜쥐려는 데 있지 않고 얼마만큼 더 많은 것들을 베푸느냐에 있다는 사실을 깨달으면서 말입니다.

언제부터인가 사람들은 마음의 문을 걸어 잠그기에 바빴고 남의 고통과 아픔은 아랑곳없이 자신의 일만 우선시하는 이기적인 존재로 전락해 버렸습니다. 결국 그러한 모습은 부메랑이 되어 돌아옵니다. 자신 역시 정말 어려워 도움이 필요할 때 도움을 받지 못하고 깊은 절망과 고독에 파묻혀 살아가는 존재가 되어 버린 거지요. 어린 시절 따뜻한 마음으로 세상을 바라보던 착하고 고운 심성이 서서히 때가 묻고 색이 바래 희미해져 버린 탓일지 모릅니다. 메마르고 각박한 경쟁 사회에서 뒤처지지 않으려고 발버둥 치느라 자꾸 우리 본연의 아름다운 내면을 잃어버리고 있지는 않은지 생각해 보아야 할 때입니다.

이 책은 결코 어떤 영웅들의 거창한 이야기가 아닙니다. 그저 우리 주변에서 쉽게 찾아볼 수 있는 소소한 일상적인 이야기를 옮겨 놓았을 뿐입니다. 잠시 마음을 열고 주의를 기울여 조금만 자세히 들여다본다면 참 따뜻한 세상이 보일 겁니다. 우리가 사는 이곳이 '나'보다는 '우리'라는 공동체가 더 잘 어울리는 아름다운 터전이기 때문이지요.

하루하루가 너무 힘들다고 불평하고 싶을 때도 많지요? 오히려 그럴 때마다 '감사합니다.'라는 긍정의 고백을 하면서 참고 견뎌 보세요. 분명 달라진 인생을 경험하게 될 것입니다. 우리의 삶은 어느 소설가의 말처럼 '한두 마디 남기고 가는 너무나 짧은 인생'이기 때문에 머뭇거리고 주저하기에는 주어진 시간이 너무도 부족합니다. 내가 아는 가깝고 소중한 사람들을 마음껏 사랑하면서 고맙고 행복했다는 말을 남기며 살기에도 빠듯한 시간일 테니까요.

우리의 인생은 가까이서 보면 비극이지만 멀리서 보면 희극임을 잘 알기에 반드시 해피엔딩이어야 합니다. 당신을 기억하고 사랑하는 사람들이 점점 많아져야 합니다. 차디찬 겨울을 견디고 화창한 봄과 여름을 거쳐 마침내 청명한 가을 날 활짝 만개하는 국화처럼 당신의 삶이 시간이 흐를수록 더욱 원숙해지길 바랍니다. 우리가 비록 이 땅에 발을 디디고 있지만, 우리의 궁극적인 소망은 저 하늘에 있다는 사실도 잊지 마십시오. 온갖 어려움이 닥쳐올 때 꿈과 용기를 버리지 마세요. 오히려 그 순간 두 손 모아 기도드리세요. 어느새 당신 곁에서 하나님은 위로와 용기를 주실 뿐만 아니라 감당하기 힘든 지금의 순간들을 극복할 지혜와 힘도 넉넉하게 주실 겁니다.

당신을 사랑합니다!

당신을 축복합니다!

오늘도 행복을 꿈꾸면서 열심히 살아가고 있는 소중한 당신에게 박수를 보내면서 따뜻한 감동을 담은 글을 선물합니다.

저자 유병권

더 늦기 전에…

사랑하는 아내와 결혼해서 가정을 이루고 산 지도 벌써 20년이 훌쩍 지났고 이제 며칠 후면 결혼기념일이다. 요즘 식사 준비를 하다가도 콧노래를 자주 부르는 모습을 보면 아내는 내심 어떤 근사한 선물을 받게 되지 않을까 기대하는 눈치였다.

어느 날 저녁 식탁에서 아내는 말했다.

"사랑하는 여보…. 당신도 알다시피 우리가 결혼한 지도 20년이 되어 가네요. 아이들도 많이 컸고…. 참 세월 빠르죠? 그런데 한 가지 부탁할 일이 있어요. 꼭 들어줄 거죠?"

아내의 말이라면 뭐든지 들어줄 마음이었기 때문에 잠시 식사를 멈추고 귀 기울여 들었다. 그런데 그녀는 전혀 생각지도 않았던 부탁을 했다.

"이번 결혼기념일 주말에는 당신이 나 말고 더 특별한 여자를 만나 저녁 식사를 하고 영화도 보면서 즐거운 시간을 가졌으면 해요. 누군지 궁금하죠? 바로 당신을 너무나도 많이 사랑해 주시는 당신 어머님 말이에요."

곰곰이 생각해 보니 어머니는 자식 둘을 키우고 뒷바라지하면서 고생만 하시다가 아버지가 돌아가신 후 19년 동안을 홀로 살아오셨다. 장남인 나는 자주 찾아뵙겠다고 말씀만 드렸지 세 아이를 키우고 회사 일도 점점 바빠지다 보니 어쩌다 시간이 날 때 한 번씩 들를 뿐이었다. 아내는 기특하게도 자신보다 나의 어머니를 염려하고 걱정하고 있었던 것이다.

잠시 생각에 잠겨 있을 때 아내는 계속해서 말했다.

"요즘 몸도 많이 불편해지셨는데 모처럼 둘이 오붓하게 드라이브도 하고 모자지간에 못다 한 이야기도 하면서 데이트하세요. 어머니와 당신에겐 옛날 생각이 많이 나는 좋은 시간이 될 거예요."

그날 밤, 나는 당장 어머니에게 전화를 드려 약속 날짜를 잡기로 했다. 전화를 받으신 어머니는 내 목소리를 듣고선 적잖게 놀라셨다. 늦은 시간에 갑자기 전화를 하면 으레 어른들은 무언가 좋지 않은 일이 있는 게 아닐까 걱정하시기 때문이었다.

"아들아, 이 밤중에 웬 전화니? 집에 무슨 일이라도 있는 거니?"

어머니가 물으셨다. 나는 얼른 말을 이었다.

"아니요, 어머니…. 어머니 목소리가 그냥 듣고 싶어서요. 잘 지내고 계시죠? 그동안 자주 찾아뵙지 못했는데 이번 주말에 어머니랑 저랑 단둘이 저녁 식사도 하고 영화도 같이 보려고요. 어렸을 때 어머니와 둘이서 시간을 보냈던 일이 생각나서요. 어떠세요?"

어머니는 잠시 생각하시더니 천천히 말씀하셨다.

"아니, 왜, 네 식구들은 빼고서? 하긴 둘만의 시간을 가져본 지도 오래되었지…. 그래? 그러려무나. 이번 주말이라…. 이거, 예전처럼 아들을 만날 생각을 하니까 벌써부터 기대가 되고 설레는데…."

토요일 저녁, 나는 차를 몰고 어머니를 모시러 갔다. 오랜만에 가져보는 둘만의 시간이라 은근히 긴장도 되었다. 어머니 댁에 도착했을 때 어머니 역시 설레는 마음으로 기다리고 계신 것을 짐작할 수 있었다. 내가 들어가기도 전에 문 앞 현관에서 멋진 정장 차림으로 서 계셨는데 머리는 오늘 아침 미용실에서 예쁘게 단장한 듯했다.

"어머니, 저 왔어요."

내가 대답하자 어머니는 활짝 웃어 보이시며 반갑게 맞아 주셨다.

"오늘 내가 아들하고 단둘이 데이트하러 간다고 친구들에게 전화로 자랑했더니 다들 부러워하더구나. 살다 보니까 이렇게 자식하고 데이트도 하고, 하여간 키운 보람이 있네…. 정말 고마워."

뜻밖의 약속에 감격하셨는지 어머니의 눈가에 약간 눈물이 맺혔다.

차에 올라타신 순간 마치 어린아이가 된 것처럼 기뻐하셨다. 진작 이런 시간을 마련할 걸 하는 후회가 밀려왔다.

아주 멋진 호텔급 레스토랑은 아니지만 경치가 좋고 아늑한 레스토랑으로 들어가 자리를 잡고 앉았다. 밖에는 이따금 눈발이 날리며 초겨울의 운치를 더해 주었다.

나는 어머니에게 주문할 메뉴를 읽어 드렸다. 나이 드신 어머니는 노안 때문에 작은 글씨가 제대로 보이지 않았다. 중간쯤 메뉴를 읽어 나갈 때 그윽한 눈빛으로 나를 바라보시는 어머니의 모습을 느낄 수 있었다.

"네가 어렸을 때는 식당에 가면 이 에미가 메뉴를 읽어 주면서 네 의견을 듣고서 주문하곤 했는데…. 이제는 네가 나를 위해 그 일을 대신 해주는구나."

어머니는 대견하다는 듯이 말씀하셨다.

"그럼요. 이제는 제가 어머니를 편안히 해 드리고 맛있는 음식을 대접할 차례죠." 웃으면서 내가 대답했다.

식사 시간 동안 최근에 일어난 일부터 내 어린 시절까지 되돌아보면서 우리 둘은 이야기꽃을 피웠다. 그동안 마음에 담아 두셨던 일들이 많이 생각나셨는지 어머니 입가에는 내내 미소가 떠나지 않았다. 우리는 이야기를 하는 데 너무 심취한 나머지 영화를 보러 가는 시간까지 깜빡 놓치고 말았다.

늦은 밤, 즐거운 시간을 보내고 어머니 댁 앞에 다다랐을 때였다. 어머니는 다정한 목소리로 말씀하셨다.

"오늘 정말 고맙다. 자주 이런 시간을 마련하도록 하자꾸나. 또 초대해 줄 수 있겠지? 그럼, 얼마든지 나갈 테니까…."

"그럼요. 어머니. 또 데이트 신청 할게요. 오늘 즐거우셨어요?"

나는 물었다.

"아주 즐거웠지. 마치 예전에 너를 키웠을 때로 돌아간 기분이 들었단다."

어머니는 활짝 웃으시면서 대답하셨다.

함께 오붓한 시간을 가진 지 얼마 안 돼서 연세가 많으셨던 어머니는 자택에서 돌연 심장마비로 돌아가셨다. 너무나 갑작스럽게 닥친 일이었기에 우리 가족은 그녀를 위해 어떤 조치도 취할 수가 없었다.

깊은 애도와 슬픔 속에 장례식을 치른 지 일주일이 지난 어느 날, 어머니와 내가 함께 식사했던 레스토랑에서 편지 한 통이 날아왔다. 열어 보니 청구 영수증과 함께 어머니가 손으로 직접 쓰신 편지가 들어 있었다.

'아들, 오늘 둘만의 데이트, 정말 즐거웠단다. 마치 삼십 년 전으로 돌아간 것만 같구나. 모든 것을 되돌아볼 수 있는 시간이어서 행복했단다. 그리고 다음번 너희 가족과의 만남을 위해 내가 미리 식사 요금을 지불해 놓았단다. 말은 안 했지만 요즘 몸이 너무 안 좋아 너희 식구들과 함께 갈 수 있을는지는 잘 모르겠구나. 그래도 너희 가족 모두가 푸짐하게 요리를 시켜 먹을 순 있을 거야. 오늘 밤, 너와 나 단둘만 가진 저녁 만남이, 이 에미에게는 평생 잊을 수 없는 추억이 될 것 같구나. 행복한 시간을 마련해 줘서 고마웠다. 네가 화장실 간 사이 잠깐 메모를 작성해서 네 집으로 이 편지를 부쳐 달라고 웨이터에게 부탁했단다…. 언제나 사랑한다. 내 아들….'

그 순간 두 눈에서 눈물이 주르륵 흘러내렸다. 돌아가시기 전 레스토랑에서 마지막으로 "사랑해요. 어머니. 정말 고마워요. 어머니"라는 말을 해 드릴 수 있어서 다행이라는 생각이 들었다.

인생에서 가족보다 소중한 것은 없다. '나중에, 나중에… 시간이 되면 가족들을 챙기고 돌봐야지'라고 생각한다면 어쩌면 너무 늦어 영영 기회를 놓칠지도 모른다. 지금 당장 생각이 날 때 이번 주말, 부모님을 찾아뵙고 아내와 남편, 자녀들과 더 많은 시간을 보내는 것이 어떨까?

"어무니, 나 업은 거 많이 무겁제?"

초등학교에서 돌아오는 길에

어리광을 부리던 나를 업은

어머니께 살며시 물으면

"내 새끼니까 하나도 안 무겁다."

웃으며 대답하셨던 어머니…

그때 이마에 송골송골 맺혔던 땀은

평생 못 잊을 사랑이었겠지요.

"내는 어무니가 해준 고기반찬이 젤 맛나드라."

앞니 빠진 얼굴로 씨익 웃으면

어머니는 내 등허리를 툭툭 치면서

"그래 맛있나? 많이 묵으래이" 하시면서

정작 당신은 물에 밥 말아 김치를

쭉쭉 찢어 아무렇게나 드셨죠.

좋은 걸 자식에게 양보한 당신을 떠올리면

철든 지금에서야 가슴이 미어집니다.

"내, 저 장난감 사주래이.

진짜 저거 갖고 싶대이" 하면서

울며불며 생떼를 쓰면

단호한 표정으로 "안돼" 하시면서

모른 척 그냥 지나치지만

돌아오는 생일날이면 당신은

꼬깃꼬깃 모아둔 돈을 모두 털어

그 장난감을 내 손에 꼬옥 쥐여주셨죠.

뽀글뽀글 볶은 당신의 머리는

한 번도 변한 적이 없는데도 말입니다.

어머니…

당신의 한없이 넓고 큰 사랑을

부모가 되어서야 하나하나 깨닫게 되네요.

그래서 오늘 밤은

당신의 그 사랑이 너무 그리워

하염없이 눈물만 흘리게 됩니다.

어느 사랑스러운 노부부

세계 각국을 돌아다니며 취재했던 라이프 잡지사 기자가 세상에서 가장 아름다운 일화로 소개한 내용입니다.

한적하지만 가난한 미국의 시골 마을, 한 노부부가 마을 레스토랑에 점심 식사를 하기 위해 들어왔습니다. 아내는 모락모락 김이 나는 비스킷을, 남편은 따뜻한 홍차 한 잔을 시켰습니다. 그런데 이상한 것은 아내는 비스킷만 먹고 있었고 남편은 그런 아내를 그윽한 눈빛으로 바라보면서 홍차를 한 모금 마시고 있었습니다.

아마도 부부가 각자 먹고 싶은 취향이 다르든지 아니면 가난해서 그렇겠거니 생각하면서 무심코 딴 곳으로 고개를 돌리려는 순간 눈앞에 뜻밖의 광경이 펼쳐졌습니다.

비스킷을 반쯤 먹은 아내가 자신의 입에서 틀니를 꺼낸 후 손수건으로 깨끗이 닦아서 남편에게 건넸습니다. 남편은 아무렇지 않은 듯 자연스럽게 틀니를 받아 들어 자신의 입에 끼고서 남은 반쪽의 비스킷을 맛있게 먹었습니다.

그런 남편의 모습을 지켜보면서 아내도 조금은 식어 버린 나머지 홍차를 마셨고 남편을 향해 옅은 미소를 지어 보였습니다. 아마 그 부부에게는 일상적인 하루였을 겁니다.

그러나 이 광경을 처음 목격한 라이프지 기자에게는 신선한 충격이었습니다. 비록 가난했지만 서로를 바라보던 노부부의 다정스런 눈빛은 지금껏 취재한 일 중 가장 가슴 뭉클했던 아름다운 사건이었다고, 그 기자는 말합니다.

이처럼 아름다운 사랑 이야기가 어디 있을까요?

평생을 함께 동고동락하고 곱게 나이 들어가면서 한결같이 서로에게 신뢰와 사랑을 보여준 노부부의 지긋한 모습은 아침저녁으로 헤어짐과 만남을 반복하는 오늘날 우리의 변덕스러운 인스턴트식 사랑에 적잖은 귀감이 될 것입니다.

두 사람

가난하기에 행복한 연인들…

그들 손에 들려진 건 단지 몇 장의 지폐뿐이지만

전화로 저녁에 만나자는 약속을 할 때부터

둘은 온통 기쁨으로 들떠 있네요.

그들의 관심은 화려한 네온사인도

어느 재벌의 호사스러운 삶 이야기도 아닙니다.

다만 서로에 대한 사랑과 서로에 대한 관심뿐입니다.

그렇게 손을 잡고

그렇게 눈을 맞추며

함께 천천히 걸을 수 있다는 것이 행복할 뿐입니다.

도심 속 비싼 백화점에서 쇼핑을 할 순 없지만

패스트푸드점에서 먹는

팥빙수 한 그릇으로 더위를 쫓고

저 멀리 자가용을 몰고

운치 있는 바닷가까지 갈 순 없지만

시원한 지하철을 타고

나란히 곁에 앉아 흐르는 땀을 닦을 순 있습니다.

누구보다 꾸밈이 없고

거짓이 없기에 그 사랑은 순수하게 맑고 투명합니다.

함께할 미래와 꿈 그리고 약속이 있기에

가난하지만 두렵지 않습니다.

화려한 나팔 모양이 아닌

여러 겹으로 겹쳐 피어나는 접시꽃처럼

서로를 지켜 주고 이해하며

허물까지 기꺼이 감싸 줄 줄 압니다.

욕심이 없기에

사랑이 그들에겐 전부입니다.

바람 소리, 빗소리, 눈 내리는 풍경이

그들이 알고 있는 좋은 친구들이랍니다.

세상은 그들을 세상 물정 모르는 철부지라 놀리겠지만

난 오래도록 그들의 바보 같은 사랑을 바라보면서

그렇게 순수한 마음으로 살고 싶습니다.

10달러

겨우 일을 끝마치고 퇴근한 그녀, 집 현관에 들어서는데 그 앞에서 기다리고 있던 7살짜리 아들을 마치 놀아 달라는 듯한 표정으로 서 있는 것을 보자 잔뜩 짜증이 났다. 남편과 일 년 전 이혼한 후 어찌 됐건 책임감을 갖고 아들을 맡아 키워 왔지만, 오늘처럼 피곤이 몰려올 때는 만사가 귀찮았기 때문이었다.

아들은 엄마에게 "그런데 엄마, 질문 하나 해도 될까요?"라고 물었다.

그래도 엄마는 "무슨 일인데?"라고 다소 낮은 목소리로 되물었다.

그러자 아들은 "엄마, 직장에서 일하면 한 시간에 얼마씩 받아요?" 라고 다소 당돌한 질문을 했다.

엄마는 화가 나서 대답했다.

"조그만 녀석이 그런 걸 왜 물어? 그런데 신경 쓰지 말고 공부를 하든지 책이라도 읽어."

그래도 보채듯이 아들은 엄마에게 다시 물었다.

"정말이에요. 엄마 제발 말씀해 주세요. 시간당 얼마를 벌어요?"

아들의 간절한 눈빛 때문이었는지 엄마는 적당히 둘러댔다.

"정 알아야 한다면… 시간당 50달러 정도 벌 거야. 이젠 됐니?"

그러자 아이는 고개를 끄덕거리면서 "네, 엄마." 하고 대답한 후 다시 물었다.

"그러면 엄마, 저에게 10달러만 빌려 주실래요?"

지쳐서 거의 죽을 지경이었던 엄마는 현관 앞에서 자꾸만 보채는 듯한 아들의 행동에 화가 머리끝까지 치밀어 올랐다.

"돈을 빌리려는 이유가 유치한 장난감을 사거나 말도 되지 않은 행동을 위해서라면 지금 당장 방으로 들어가서 잠이나 자라! 어쩜 넌 그렇게 이기적이니? 너 같은 어린애 장난감이나 사 주는 뒤치다꺼리하려고 엄마가 밤늦도록 매일같이 힘들게 일하는 줄 아니? 아무리 어려도 그 정도쯤은 알 때가 되지 않았어? 어쩌면 그렇게 눈치가 없는 거야?"

엄마는 아이에게 버럭 소리를 질러 버렸다. 꼬마 아이는 할 말을 잊고 풀이 죽은 채 자신의 방으로 들어가서 조용히 문을 닫았다. 옷을 벗고 소파에 앉은 엄마는 분을 참지 못해서 아이의 방문을 활짝 열고

서 다시 소리를 질렀다.

“1달러, 2달러도 아니고 10달러씩이나 되는 돈이 너 같은 어린애한테 왜 필요한 건데? 그 큰돈을 가지고 어디에 쓰려는지 그 이유나 한번 들어보자. 철딱서니라고는 하나도 없는 녀석아!”

그러자 아이는 미안한 표정으로 얼굴을 푹 숙이고 말이 없었다.

한 시간이 지난 후에 여자는 마음을 진정되자 다시 한 번 곰곰이 생각해 보았다.

‘아마 그 아이는 10달러로 뭔가 사고 싶은 것이 있지 않았을까? 그동안 좀처럼 내게 그런 큰돈을 달라고 말한 적이 없었잖아….’

갑자기 아이에게 자초지종을 자세히 물어보지도 않고 피곤하다는 핑계로 버럭 화를 낸 것에 대해 미안한 마음이 들었다.

엄마는 다시 아이의 방에 조용히 들어가서 차분하게 말했다.

“자는 거니? 아들?”

“아니요. 엄마… 저 아직 안 자요.”

아이는 아직도 머뭇거리면서 조용히 대답했다.

“엄마가 생각해 봤는데 조금 전에는 내가 너무 심하게 한 것 같구나. 하루를 힘들게 일하고 들어와서 그런 요구를 하니까 지쳐서 그랬나 보다. 엄마가 많이 미안해. 그리고 아까 달라고 했던 10달러야. 네가 쓰고 싶은 데 쓰도록 하렴.”

엄마는 돈을 건네면서 말했다.

그 순간 아이의 얼굴이 환하게 밝아졌고 고개를 똑바로 들고서 엄마를 보았다.

"엄마, 정말 고마워요."

아이는 소리치면서 베개 밑에 넣어 두었던 구겨진 몇 장의 지폐를 끄집어냈다.

엄마는 아들의 행동을 보는 순간 '아니, 돈을 가지고 있었는데, 또 돈을 달래? 저 아이가 왜 저러는 거지?' 싶어 또다시 화가 치밀어 오르려고 했다. 그런 엄마의 화난 표정에는 아랑곳없이 아들은 자신이 가지고 있는 돈을 합친 후 천천히 그 돈 전부를 다시 세어 보았고 엄마를 쳐다봤다.

"아들, 너는 돈이 있는데 왜 또 돈을 달라고 한 거니? 너 정말 정신이 어떻게 된 거 아니야?"

엄마는 언성을 높이면서 따져 물었다.

"돈이 충분하지 않아서요. 그러나 지금은 충분해요."

꼬마 아이는 대답했다. 그 후 밝은 표정으로 말했다.

"엄마, 저에게 지금 50달러가 있어요. 제가 엄마의 시간 한 시간만 살 수 있을까요? 이 돈 받으시고 부디 내일은 한 시간만 일찍 집에 들어와 주세요. 엄마와 함께 저녁 식사를 정말 정말 하고 싶거든요."

그 말을 듣는 순간 아들을 의심했던 엄마의 마음이 무너져 내렸다. 그녀는 아들을 끌어안았고 두 눈에서 뜨거운 눈물이 한없이 흘러나왔다. 하루 종일 엄마를 기다리면서 엄마의 사랑과 관심을 받고 싶어 했던, 단둘뿐이지만 그 가족을 지키고 사랑하고 싶었던 아들의 속 깊은 마음에 깊은 감동을 받았기 때문이다.

일에만 몰두한 채 주변을 보지 못하는 우리에게 경종을 울리는 아름다운 실화이다. 우리를 간절한 눈빛으로 바라보고 기다리는 사람들을 바쁘다는 핑계로 그대로 내버려두고 혹시 지나치지는 않았을까? 소중한 사람들과 보낼 시간이 손가락 사이로 모두 빠져나가도록 무심하고 경솔했던 것은 아니었을까? 우리가 내일 죽는다면 회사는 아무렇지 않은 듯 며칠 안 되어 그 자리를 마치 부품 갈 듯이 다른 사람으로 대체하면 그만이다. 그러나 가족과 친구는 우리가 사라진 자리를 평생 애도하면서 가슴을 치며 아파하고 슬퍼할 것이다. 당신의 우선순위가 과연 무엇이어야 할지 오늘 이 시간 다시 생각해 보아야 하지 않을까?

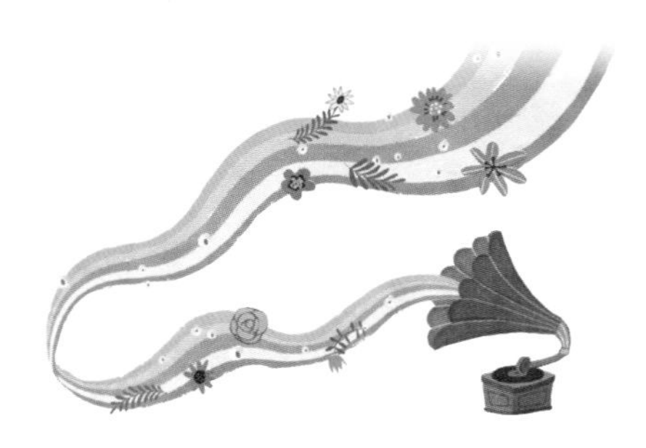

사무치는 그리움

한 이라크 사진작가가 찍은 가슴 아픈 사진 한 장…

고아원에서 자란 이 소녀는 한 번도

엄마를 본 적이 없습니다.

사무치는 엄마를 향한 그리움을

땅에다 크게 그렸고 그 품에서 뛰놀다 지쳐서

그만 잠들어 버렸답니다.

볼수록 그 아픔에

눈앞이 흐려지고 마음이 아주 많이 아려옵니다.

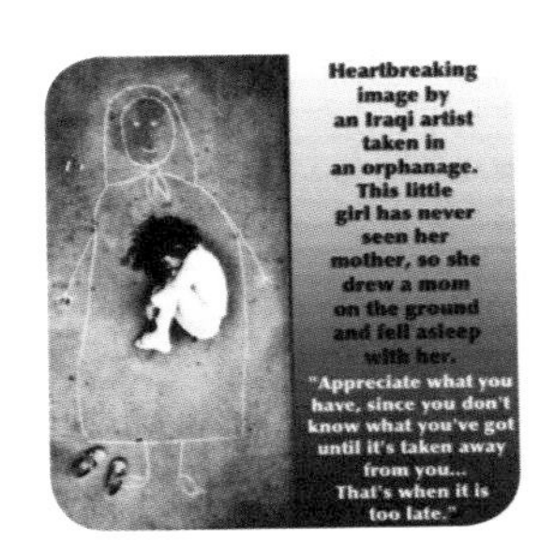

'지금 내 주변에 있는 사람들, 친구와 가족들…

그리고 지금 내가 만나고 사랑하고

인연을 맺은 모든 것들을 둘러보세요.

분명 그 어느 것 하나 소중하지 않은 것들이 없을 겁니다.

그런데 갑자기 모든 것이 사라져 버린 후에 후회한다면

그땐 이미 너무 늦을지 모릅니다.

오늘 지금, 바로 당장

당신의 소중한 사람들에게 사랑한다고 말해 보세요.

부디 너무 늦기 전에….'

사진 출처: www.iwebstreet.com

신권 5만 원

처음으로 5만 원권이 발행되던 날, 은행은 새 돈을 받으려는 사람들로 북새통을 이뤘다. 여기 몇 시간을 줄 서서 5만 원 신권을 손에 쥐게 된 두 가장이 있다.

새 도안의 주인공인 신사임당의 초상을 보면서 첫 번째 가장은 집에 가서 자랑하고 싶은 마음에 잔뜩 들떠 있었다. 가족이 모두 모인 자리에서 돈을 꺼내 들자 식구들은 눈이 휘둥그레지면서 빳빳한 새 돈을 만져 보고 신기해했다.

그런데 문제는 다음 날 생겼다. 지갑에 넣어 둔 줄 알았던 5만 원권이 감쪽같이 사라진 것이었다. 아버지는 대뜸 고등학생 아들에게 왜 함부로 아버지 지갑에 손을 댔느냐고 큰소리쳤다. 놀란 아들은 자신은 돈을 가져가지 않았다고 항변했지만 평상시에 만 원권이 한 장 두 장 없어질 때마다 아버지는 아들을 의심해 왔던 터였다.

아내가 나와서 등굣길이니 그만하라고 말리자 평상시에 자식 교육을 어떻게 했기에 이 모양이냐고 소리친다. 그러자 아내가 늦게만 들어오고 자식 교육에는 관심도 없으면서 무슨 큰소리냐고 맞받아쳤고, 이내 부부싸움으로 번졌다. 아침부터 고성이 오가자 이를 못마땅하게 여긴 시어머니가 또 싸움질이냐고 역정을 내셨다. 쫓기듯 아침 출근길에 나선 가장의 미간에는 잔뜩 주름이 잡혔다.

속상한 마음에 무심코 양복 안주머니에 손을 넣었는데 거기에서 5만 원권이 더듬어졌다. 지난밤 지갑에 넣어 둔 줄 알았던 돈을 아마도 빼내서 거기에다 넣어 두었던 모양이었다.

또 다른 가장도 5만 원권을 가족에게 보여 주려고 서둘러 집으로 향했다. 처음으로 신사임당이 그려진 5만 원권을 보자 가족들 모두 이리저리 돌려 보면서 신기해했다.

다음 날, 출근길에 가장은 5만 원권을 직장 동료들에게도 보여 주려고 찾아보았지만 역시 지갑에는 들어 있지 않았다. 아버지는 고등학생 아들에게 조심스럽게 요즘 돈이 많이 필요한지를 물었다. 아들은 손사래를 치면서 지금 받는 용돈으로도 충분하다고 말했다.

아들은 돈을 가져가지 않았을 것을 확신하면서 이번에는 아내에게 물어보았다. 아들에게 먼저 알아봤는데 보지 못했다고 하더라면서 혹시 아내가 5만 원권을 가져갔느냐고 물었다. 아내는 잠시 머뭇거리더니 자신이 만져 보다가 아마도 잘못 둔 것 같으니 퇴근할 때까지 집 안 구석구석을 잘 찾아보겠다고 했다.

방 안에서 이 이야기를 우연히 듣게 된 할머니도 혹시 고등학생 손자가 남모를 사연이 있어 가져간 것이 아닐까 생각했다.

집을 나선 가장도 소중한 가족을 공연히 의심한 것은 아닐까 하는 생각에 곧장 은행으로 향했다. 그리고 아무렇지 않은 듯 5만 원권을 바꿔 상황이 여의치 않으면 다시 자신이 그 돈을 찾았다고 말하리라 생각하면서 일을 마치고 퇴근했다.

집에 도착해 자신의 5만 원권을 꺼내 보이자 봉투에 정성스럽게 담긴 또 다른 5만 원권 두 장이 거실 테이블에 따로 놓여 있었다. 가장이 새로 가져온 5만 원권뿐만 아니라 아내가 오후에 은행에서 바꿔 온 5만 원권 그리고 할머니가 한 푼 두 푼 모으셨던 쌈짓돈을 바꿔 온 5만 원권이 나란히 놓여 있었다.

가장이 갑자기 늘어난 세 장의 5만 원권에 적잖이 당황하고 있을 때 아들이 자신의 방에서 5만 원권을 들고 나왔다. 아버지가 중요하게 여기시는 것 같아 학교에서 돌아온 후 이곳저곳 잘못 놓여 있지 않았나 찾아보다가 문득 어제 아버지가 벗어 놓고 가신 양복 안주머니를 혹시나 하면서 뒤져 봤는데 거기에 있어서 잃어버리지 않게 자신의 책상 서랍에 잘 넣어 두었다가 지금 가져왔다고 말했다.

서로를 신뢰했던 가족의 사랑이 5만 원권 한 장을 무려 네 장으로 만드는 행복한 기적을 일으켰던 것이다. 웃음꽃을 피우며 가족의 사랑을 확인한 가장은 처음 가져왔던 5만 원권은 어려운 이웃을 위해 기쁜 마음으로 기부하기로 가족회의를 통해 결정했다. 돈으로 바꿀 수 없는 소중한 가족이란 울타리를 5만 원권을 통해 재차 확인해 보는 흐뭇한 시간이었다.

빨래

수북이 쌓인 빨래를 돌리다가
잠시 상념에 잠겨 본다.

고단한 옆구리에 밴 땀 냄새와
와이셔츠 팔꿈치에 묻은 얼룩에서
오늘도 가족을 위해 열심히 일했을
남편의 하루가 떠오르고
개구쟁이 막내의 모래 가득한 옷에는
반 친구들과 신 나게 뛰어놀았을
건강한 웃음이 담겨 있다.

깨끗이 씻긴 후
탁탁 털어 잘 널면
뜨거운 태양 볕에
한나절이면 다 마르겠지…
가족을 위한 정성스런 사랑이
향긋한 바람에
한 장 한 장 휘날리며
어느새 뽀송뽀송해진다.

빨래를 모두 마친 여름날 오후
구김 없이 잘 마른 옷으로
또 다른 하루를 기분 좋게 시작할
가족들을 한 명 한 명 그려 보면
저절로 행복한 미소가
입가에 번져 간다.

잊을 수 없는 교훈

대학 새내기였던 나는 설레는 마음으로 강의실에 앉아 교양 과목을 들으려고 준비하고 있었다. 첫 강의 시간에 들어오신 교수님은 자신을 소개하면서 우리에게 옆자리에 앉은 처음 만난 사람들과도 친하게 지내면서 말을 건네 보라고 하셨다.

나는 자리에서 일어나 주위를 둘러보고 있었는데, 어떤 부드러운 손이 내 어깨에 와 닿았다. 돌아보니 이마에 주름이 있고 키가 무척 작은 노부인 한 분이 서 있었다. 온화한 미소를 지으면서 나에게 말하기를, "안녕, 예쁜 아가씨. 내 이름은 로즈야. 나이는 올해 여든 일곱 살이지만 같은 동기로서 한 번 아가씨를 안아 줘도 될까?" 하셨다.

나는 팔을 활짝 벌리고 웃으면서 대답했다.

"그럼요, 로즈."

그러자 그녀는 나를 꽉 끌어안았다.

나는 그녀에게 "할머니께서는 어떤 사연이 있기에 이렇게 젊고 한창인 나이에 대학에 오실 생각을 하셨어요? 이름도 5월의 여왕이신데…."라고 짓궂게 물었다.

그러자 로즈도 익살스럽게 대답했다. "내가 이 대학에 들어온 이유는 멋진 남편을 만나서 결혼하고 두세 명의 자녀를 낳고 한 오십 년 잘 살다가 남편이 은퇴하면 여행을 다니는 꿈을 이루기 위해서야."

그 순간 나는 문득 궁금해졌다. '왜 저렇게 늦은 나이에 대학 공부를 할 생각을 했을까? 남들은 다들 집에서 쉴 나이일 텐데….' 그래서 재차 물어보았다.

"로즈, 진짜로 대학에 들어오신 이유를 말씀해 주세요. 정말 궁금해요."

그러자 로즈는 진지하게 대답했다.

"내 평생의 꿈은 대학 교육을 받는 거였지…. 가정 형편이 어려워서 그 꿈을 제때 이룰 순 없었지만, 이제 그 꿈을 이룰 수 있어서 행복해."

환하게 웃으면서 노부인은 대답했다.

수업이 끝난 후 우리는 학생 회관 카페까지 걸어가 밀크셰이크를 마시면서 이런저런 이야기를 나누었다.

그 후 우리는 허물없는 친구가 되었고 거의 3개월 동안 매일 같이 수업을 듣고 끊임없이 이야기를 나눴다. 로즈와 대화할 때마다 나는 그 이야기에 깊이 빠져들었고, 그녀의 삶의 지혜와 경험을 통해 많은 것을 배울 수 있었다.

로즈는 이미 캠퍼스 내에서 모르는 사람이 없을 정도로 유명 인사였고 어디를 가든 스스럼없이 학생들과도 잘 어울렸다. 그녀는 수수하지만 곱게 잘 차려입어 다른 학생들의 주목을 받을 때가 많았는데 그때마다 겸손하게 감사의 인사를 했다. 하루도 빠짐없이 자신을 꾸미고 가꾸는데 소홀하지 않았기에 우리는 모두 그녀를 진심으로 존경했다.

학기가 끝나갈 무렵 우리는 로즈를 미식 축구단 연회에 대표 연사로 초청했다. 그리고 그날 그녀가 우리에게 들려준 이야기는 결코 잊지 못할 것이다. 그녀는 천천히 강단 앞으로 걸어 나왔고 연설을 하려는 순간 준비된 원고 몇 장을 떨어뜨렸는데 바람까지 불어 종이가 저 멀리 날아가 버렸다.

당황스러워하면서도 곧 태연한 표정으로 "내가 잠시 긴장했나 보네요. 사순절 기간에도 맥주를 마시지 않았는데…. 지금은 위스키를 마신 것보다 이 자리에 서 있는 것이 더 힘드네요. 이제 원고도 없으니까 그냥 기억나는 대로 이야기할게요."라고 말했다. 우리는 한바탕 웃음을 터뜨렸고 그녀는 목청을 가다듬고 또박또박 말을 이어갔다.

"우리는 단지 나이를 먹었다는 이유로 쉽게 도전을 포기합니다. 그러나 도전을 포기했기에 마음과 몸까지 늙는 거랍니다. 젊음을 유지하고 행복해지고 성공하기 위한, 제가 지금껏 경험한 비결을 말씀드릴게요."

그녀는 자신에 찬 목소리로 계속해서 말했다. “매일 웃음을 잃지 말고 하루를 재미있게 해 줄 유머거리를 찾아보세요. 또한 이루고 싶은 꿈과 목표가 반드시 있어야 합니다. 꿈이 없다면 여러분의 인생은 곧 무너져 버리고 말 테니까요. 한 번 주변을 둘러보세요. 한 해 두 해 나이만 들면서 삶의 방향을 정하지 못하고 그저 대충대충 살아가는 생기 없는 사람들이 주변에 얼마나 많은가요?

나이가 드는 것과 성숙해지는 것에는 큰 차이가 있습니다. 여러분은 19살이니까 일 년 동안 아무 일도 하지 않고 빈둥거려도 20살이 되겠죠. 나도 올해 87살이니까 침대에서 누워만 있다면 내년이면 저절로 88살이 될 것입니다. 누구든지 나이는 먹을 수 있어요. 그것은 어떤 재능이나 능력이 필요한 건 아니지요.

반대로 성숙해진다는 것은 변화하기 위한 기회를 찾아내고 항상 노력한다는 뜻입니다. 비록 시도하다가 어려움에 봉착하고 힘든 과정이 있다 할지라도 결코 포기하지 않는 거죠. 그 과정을 통해 우리는 삶의 의미를 깨닫게 되고 더욱 성숙하게 됩니다.

이 늙은이도 지금껏 도전한 것들의 결과가 성공이었든 실패였든 후회는 없어요. 그러나 내가 할 수 있었음에도 불구하고 도전하지 않았던 것들에 대한 아쉬움은 남습니다. 죽음이 무섭고 두려운 사람들은 아마 한 번도 주어진 일들에 대해 자신 있게 도전하지 못한 사람들이겠지요.

마지막으로 내가 좋아하는 노래 한 곡을 부를게요. ‘로즈’라는 노래에요. 바로 내 이름이기도 합니다."

그녀는 나지막이 자신감 있는 목소리로 노래를 불렀다.

Some say love it is a river
that drowns the tender reed
Some say love it is a razer
that leaves your soul to bleed

누군가 말했지요. 사랑은 연약한 갈대를
삼켜버리는 강물과 같은 것이라고
누군가 말했지요. 사랑은 당신의 영혼에
상처를 남기는 면도날과 같은 것이라고….

Some say love it is a hunger
an endless aching need
I say love it is a flower
and you it's only seed

누군가 말했지요.
사랑은 끝없이 고통을 낳는 굶주림이라고
내가 말하는 사랑은 꽃입니다.

당신만이 그 유일한 씨앗이에요.

It's the heart afraid of breaking
that never learns to dance
It's the dream afraid of waking
that never takes the chance
It's the one who won't be taken
who can not seem to give
and the soul afraid of dying that
never learns to live

춤을 배우지 않는 것은
이별을 두려워하는 마음 때문입니다
깨어날까 두려워하는 꿈은
절대로 기회를 잡을 수 없어요.
누군가에게 베풀지 않는다면
아무것도 받을 수가 없고
죽기를 두려워하는 영혼은
절대 삶을 배울 수 없어요.

When the night has been too lonely

and the road has been too long
and you think that love is only
for the lucky and the strong
Just remember in the winter
far beneath the bitter snows
lies the seed that with the sun's love
in the spring becomes the rose

밤이 외롭고 길이 멀기만 할 때
사랑은 단지 강한 사람과
운이 좋은 사람들의 거라고만 느껴질 때
이걸 기억해 보세요.
한겨울 눈 속 깊숙한 곳에 묻혀 있는 씨앗을요.
봄 햇살의 사랑을 받으면 장미로 피어난다는 것을….

그녀는 우리들 각자가 이 노래 가사를 음미하면서 일상생활에서 적용해 보기를 바란다고 말하면서 연설을 마쳤다. 우레와 같은 박수를 받으면서 그녀는 강단을 내려왔다.

그해 말, 로즈는 수년 전부터 시작한 모든 대학 과정을 끝마쳤다. 그리고 졸업한 지 일주일 후 로즈는 잠든 듯 편안히 숨을 거두었다. 2

천 명이 넘는 대학생들이 그녀의 장례식에 참석했고 이 훌륭한 여인의 마지막 가는 길에 깊은 애도와 경의를 표했다.

그녀는 인생의 출발점이 아무리 늦었다 해도 결코 늦지 않았다는 사실을 스스로 확인시켜 준 잊을 수 없는 증인이었다.

많이 웃도록 하게나.
세상은 자네의 시무룩한 표정에 귀를 기울이거나
관심을 갖진 않는다네.
이미 사람들은 힘든 세상살이에 지치고 이골이 나서
웬만하면 웃지를 않지.
마음이 남을 생각할 만큼 여유롭지 않은 탓도 있을 걸세.
그러나 그들을 원망하지 말고 힘들어도 자주 웃도록 하게나.
앙상한 나무를 보면 사람들은 그냥 지나치지만
나무에 활짝 핀 꽃을 보면 사람들은 발길을 멈추고
쳐다도 보고 사진도 찍고 빙긋이 웃는다네.
자네도 바로 남을 기쁘게 만드는 그런 사람이 되어야 하지 않겠나?

난 사람도 나무와 같다고 생각하네.
한곳에 깊게 뿌리를 내리고 겨우내 견디고 참아 왔던 인내의 과정이
봄이 되면 꽃이 되고 가을이면 열매를 맺으니까…
나무는 시간과 때를 맞춰 자신을 천천히 드러낼 줄 아는 게지.
잎이 떨어져 앙상해졌다고

부는 바람에 잔가지가 부러졌다고
나무는 하늘을 우러러보는 일을 결코 멈추지 않는다네.
비록 발은 땅을 디디고 있지만 희망의 저편을 바라보며
마음을 추스르고 다시 용기를 내는 우리와 많이 닮지 않았나?

내 말뜻을 자네는 충분히 이해할 걸세.
자네는 바로 그 가능성이 무한한 나무와 같은 게야.
잠시 한나절 뜨거운 태양 볕에 고통스럽다고
가뭄에 목이 타들어간다고
한겨울 폭설에 깊이 파묻힌다 해도
불평하지 않고 자신의 때를 기다리는 나무처럼 말일세.

나무라고 왜 힘든 때가 없겠나?

때론 생채기도 나고 껍질이 벗겨져 아픔을 참을 때도 있고

비옥했던 주변 땅이 검붉게 변하는 시련도 겪을 텐데…

그러나 새들의 쉼터가 되고 거대한 자연의 일부가 되고

신선한 아침 공기의 주인공이 되는 즐거움을 알아 가면서

그 모든 고통들을 하나둘 웃음으로 승화시켜 나가는 거라네.

마치 자네가 주변 사람들에게 큰 활력이 되는 것처럼 말이지

그러니까 할 수 있다는 자신감을 가지고 자주 웃도록 하게나.

가장 적절하고 가장 알맞은 때에 자네의 재능이 활짝 열리는

그런 날이 올 걸세.

우리 같이 인내하면서 긍정의 마음으로 그 날을 준비해 보도록 하세.

자네는 분명 거대한 자연의 일부를 이루는

웅장한 나무가 되어 귀하고 값진 열매들을 주렁주렁 맺는

소중한 사람으로 커 갈 테니까…

소금 커피

그는 송년 파티에서 한 여자를 보는 순간 운명처럼 첫눈에 사랑에 빠져버렸다. 그녀는 많은 남자들의 시선을 받을 정도로 뛰어난 미모를 자랑했다. 반면 그 남자는 지극히 평범하고 어떤 여자에게 관심을 받을 만한 겉모습은 아니었다.

하지만 파티가 끝나갈 무렵 남자는 용기를 내어 커피 한 잔 마시면서 잠깐 이야기할 시간을 내달라고 그녀에게 말했다. 낯선 남자의 뜻밖의 부탁에 여자는 적잖이 놀랐지만, 무척 정중한 요청이었기에 시간을 한번 내 보겠다고 말했다.

마침내 그들은 늦은 저녁 무렵 바깥 커피숍으로 나갔고 그 남자는 너무 긴장한 나머지 아무 말도 하지 못한 채 긴 침묵의 시간이 흘러갔다.

그녀 역시 얼떨결에 따라 나왔지만, 불편한 기색이 역력했고 마음 속으로 '괜히 따라 나왔네. 아, 어색해…. 빨리 자리에서 일어나 집에나 가야겠다.'라고 생각했다.

그 순간 갑자기 그 남자가 웨이터를 부르더니 말했다.

"저기, 소금 좀 가져다주시겠습니까? 커피에다 소금을 넣으려고요."

손님의 황당한 요구에 웨이터도 잠깐 동안 어리둥절해 했고 차를 마시던 주변 모든 사람들도 놀란 표정으로 그를 쳐다보았다.

그의 얼굴은 시뻘게졌지만 웨이터가 가져온 소금을 침착하게 한 스푼 넣고 커피를 마셨다. 그런 그의 모습에 갑자기 그녀는 호기심이 생겼고 신기하다는 듯이 그에게 물었다.

"왜 소금을 넣은 커피를 드시는 건가요? 무슨 특별한 이유라도 있으세요?"

그 남자는 얼떨결에 대답했다.

"사실은요. 제가 어린 시절을 바닷가 근처에서 보냈습니다. 바다에서 헤엄치면서 바다 냄새를 맡고 자랐는데 그 느낌이 마치 커피에다가 소금을 넣고 마시는 것과 비슷해서요."

그는 계속 덧붙여 말하기를 "소금 넣은 커피를 마실 때마다 저는 어린 시절을 생각해 보고 고향에 대한 향수와 여전히 그곳에 살고 계신 부모님을 그리워한답니다."라고 했다.

말하는 동안 그의 눈가에 눈물이 이슬처럼 반짝였고 그를 바라보는 그녀도 그의 따뜻한 마음에 깊이 감동했다. 마음 깊은 곳에서 나오는 그의 진실되고 순수한 말 한마디에 그녀는 어느새 푹 빠져들었다.

그리고 생각했다. '고향에 대한 그리움과 향수를 가지고 있는 저 사람이라면 분명 나뿐만 아니라 가정도 소중히 여길 줄 알고 사랑해 줄 줄 아는 사람일 거야. 책임감도 강할 거고, 마음도 무척 포근하고 따뜻하겠지?' 그녀는 서서히 자신의 닫힌 마음을 열고 그 남자와 대화를 이어나갔다.

멀리 떨어져 있는 자신의 고향 이야기를 하고 어린 시절 추억들을 나누면서 둘은 시간 가는 줄 몰랐다. 그야말로 마음이 통하는 멋진 시간이었고, 그날 대화의 화제였던 '소금 커피'는 만남을 계속 이어가는 계기가 되었다.

여자는 그 남자를 만날수록 자신이 원하고 생각하는 모든 조건을 갖춘 진실한 사람임을 알게 되었다. 그는 참을성이 있었고 착한 심성을 가졌으며 따뜻하고 신중했다. 또한 경제적인 능력까지 갖추고 있으면서도 무척 겸손했다. 그런 멋진 사람을 단지 처음 본 순간 외모가 두드러지게 눈에 띄지 않는다고 놓칠 뻔했다니 그녀는 생각할수록 아찔해졌다.

그날 그 남자가 소금 넣은 커피를 마시지 않았더라면 지금처럼 아름다운 사랑 이야기를 이어 나가지 못했을 것이기 때문이었다. 둘은 마침내 모든 사람의 축복 속에 성대한 결혼식을 올렸고 행복한 부부가 되었다.

그리고 그 남자를 위해 커피를 탈 때마다 늘 그래 왔던 것처럼 그가 좋아하는 소금 한 스푼을 넣었다. 40년 동안 남자는 그 커피를 즐겼고 아내는 그 옆에서 다정하게 지켜보았다.

오랜 시간이 흐른 후 남자는 늙고 나이가 들어 노환으로 먼저 저세상으로 떠났다. 자식들과 함께 장례식을 치른 후 남편의 유품을 정리하던 중 그 여자는 자기 앞으로 남겨져 있던 남편의 편지 한 장을 우연히 발견했다.

남편의 뜻밖의 편지에 그녀는 가슴 졸이면서 펼쳐 보았는데 거기에는 다음과 같이 쓰여 있었다.

'사랑하는 여보, 나를 용서해 줄 수 있겠소? 난 사실 당신을 만났던 처음부터 거짓말을 했다오. 우리가 처음 만나 이야기를 나눴던 첫 데이트를 기억하오? 나는 그때 너무나 긴장돼서 웨이터에게 설탕을 가져다 달라고 말했어야 했는데 그만 소금을 갖다 달라고 말했다오. 실수로 내뱉은 말을 다시 고치려고 했는데 너무 창피했고 차마 입이 떨어지지 않아 가만히 있었고 그래서 커피에 소금을 넣을 수밖에 없었다오.

물론 그것이 서먹하게 앉아 있었던 우리가 대화를 시작하는 이야깃거리가 되리라고는 생각조차 못 했다오. 함께 살면서 여러 번 그

때의 일을 말하고 용서를 구하려고 했었는데 당신과의 행복이 깨질까 봐 너무 두려웠다오. 물론 그 외에 어떤 일에 있어서도 당신을 속이지 않고 행복하게 해 주리라 다짐 또 다짐했고 내가 죽는 날까지 그 약속을 충실히 지켰다오.

나는 얼마 후면 당신 곁을 떠나게 될 것 같소. 이제 죽음을 앞두고 그 진실을 밝히는 것이 전혀 두렵지는 않다오. 사실, 소금 탄 커피를 누가 좋아하겠소? 그 비릿하고 짠맛이란….

그러나 나는 평생 내색하지 않고 그 커피를 마셨다오. 당신을 만나 사랑한 이후 어떤 것에 대해서도 후회하거나 미안한 일은 없었소. 그리고 당신과 함께했던 지난날의 삶은 나에게는 가장 큰 행복이었고 기쁨이었다오.

만약 내가 이 세상에 다시 태어나 당신을 만나기 위해 그 소금 탄 짠 커피를 평생 마셔야 한다 할지라도 나는 당신을 선택하고 사랑하는 일에 절대 주저하지 않을 거요. 사랑해요, 여보….'

남편의 편지를 읽는 동안 그녀의 두 눈에서 뜨거운 눈물이 뚝뚝 흘러내렸다. 앞으로 누군가 그녀에게 이렇게 물을지도 모른다.

"남편이 즐겨 마셨던 소금 탄 커피의 맛은 어떤가요?"

그때 그녀는 아마 행복한 미소를 지으며 자신 있게 대답할 것이다.

"그 커피는 정말 부드럽고 달콤하죠…."

벚꽃이 화창하게 피던 날
하루라도 보지 않으면 못 살 것 같던 우리는
평생을 약속하며 결혼했지요.
하지만 살면서 점점 일상의 습관에 익숙해져
간혹 건성으로 '사랑해요' 라고 말했고
그 한마디 하는 것조차 귀찮아했으며
서로 자신이 생각하고 바라는 틀에 맞지 않는다며
부딪치고 싸우는 날이 점점 많아졌어요.
그렇게 상대방을 못마땅해 하면서
조금씩 우리 둘 사이는 소원해져 갔습니다.
말을 안 해서 그렇지, 그때는 얼마나 속이 상하고 괴로웠던지…

그러나
어느 날 감기몸살에 호되게 걸려서 몹시 아파하던 밤,
빗길을 뚫고 밖으로 나가 약을 사오던 사람이
바로 당신이었고 끙끙거리며 아파할 때
물수건을 이마에 올려 주며
밤새 정성껏 간호해 주던 사람도 당신이었습니다.

예전에 당신을 처음 만났을 때
오늘 하루를 살다 죽는다 할지라도
저 사람이 내 일생의 배필이 되게 해 달라고
기도했던 적이 있었습니다.
첫 아이를 낳던 날,
아픔을 참고 순산했던 당신 손을 붙잡고
눈물 흘려 감사하고 기뻐했던 순간도 있었습니다.

오늘같이 햇살 좋은 날,
이제는 드문드문 돋기 시작한
서로의 하얀 머리카락을 바라보다가
불쑥 마음속에 떠오르는 생각이 있습니다.
그 나지막한 음성을 당신에게 들려주고 싶습니다.

"내 인생을 살아갈 동안

내 사랑은 오직 당신뿐이었노라고…

당신을 만나 정말 행복한 삶이었노라고…

그리고 지금도 아주 많이 당신을 사랑하고 있노라고…"

- 당신의 남편으로부터 -

이상한 달리기

몇 해 전 시애틀에서 열린 장애인 올림픽에서 아홉 명의 선수가 100m 달리기 출발선에 섰다. 그들 모두는 신체적이나 정신적으로 한두 가지의 장애를 가지고 있었다. 드디어 총성과 함께 그들 모두는 힘차게 뛰어 나갔다. 그들은 최선을 다해 뛰고 있었지만, 결승전까지 올라온 것만으로 이미 감사해 하는 모습이었다. 또한 완주할 수 있다는 그 자체만으로 행복한 표정이었다.

그런데 신체적 장애를 가진 한 명의 남자 선수가 그 코스를 뛰다 자꾸만 발이 꼬여 비틀거렸고 딱딱한 아스팔트 위에 여러 번 넘어졌다. 안타깝게도 그 어린 선수는 결국은 주저앉아 울음을 터뜨리고 말았다. 너무 크게 울었던 탓인지 다른 여덟 명의 선수들까지도 그 우는 소리를 들을 수 있었다.

그런데 그 순간 믿기 힘든 광경이 벌어졌다. 그들 모두는 달리던 걸음을 멈추고 뒤돌아보았다. 그리고 마치 약속이라도 한 듯이 뛰던 길을 되돌아와 그 넘어진 선수에게로 갔다. 한 명도 빠짐없이 여덟 명이 똑같이 달려왔다.

다운 증후군 장애를 가진 한 소녀 선수가 다가가서 그 어린 선수의 손을 잡고 일으켜 세우면서 말했다.

"울지 마! 우리가 너와 함께 있어 줄 테니 힘을 내렴."

잠시 후 아홉 명의 선수들은 서로 팔짱을 끼고 함께 걸어서 결승선을 통과했다. 경기장을 찾은 관중들은 그 모습에 모두 자리에 일어서서 몇 분 동안 우레와 같은 박수를 보냈다.

경기가 끝난 후에도 그 자리에 있던 사람들과 여러 기사를 통해 그 아름다운 경기 장면이 소개되었고 많은 이들에게 교훈과 감동을 주었다.

인생이라는 경주에서는 자신을 소중하게 여기고 남들과 선의의 경쟁을 펼치기 위해 최선을 다하는 모습도 필요하다. 그러나 그보다 더 중요하고 잊지 말아야 할 한 가지 사실이 더 있다.

가끔은 힘들어서 울고 있는 다른 사람을 모른 척 지나치지 말라는 것이다. 도움이 절실하게 필요할 때 찾아가서 일으켜 세워 주고 위로해 주는, 따뜻한 말 한마디와 기꺼이 도와줄 수 있는 넉넉한 마음을 가져야 한다. 비록 그로 인해 우리의 인생의 걸음이 잠깐 느려지고 달리는 길이 조금 바뀐다 할지라도 말이다.

힘들고 어려울 때마다
너의 어머니를 기억해 보렴.
새벽에 일찍 일어나
갓난아기였던 너를 포대기에 안고
밭일을 나가시면서
손발이 부르트고
이마에 구슬땀이 송골송골 맺혀도
너의 방긋 웃음을 보고 참아내셨던
인자한 너의 어머니를 기억해 보렴.

주저앉아 울고 싶을 때마다
너의 친구들을 떠올려 보렴.
하얀 손수건을 건네며
너의 등을 다독거려 주고
말없이 같이 울음을 삼킬 줄 알았던
순수하고 고마웠던
그 시절 소중한 친구들을 떠올려 보렴.
새로운 용기와 힘을 얻게 될 거야.

세상 짐이 무겁고 버거워 낙망될 때마다
지금 너를 사랑하는 사람을 생각해 보렴.
네 곁에서 머릿결을 쓰다듬고
사랑의 말 한마디를 건네면서
마냥 좋아 미소 짓는 그의 모습에
세상 온갖 시름도 사라질 테니까….
그와 함께 이 세상에 있는 것만으로도
마음이 든든할 거야.

고통과 근심을 치유할 힘은
네가 만나고 아끼는 사람들 속에 있단다.
세상은 너를 위해 존재하고
너를 위해 꿈을 꾸며
네가 행복해지길 바란다는 걸 잊지 마렴.

넌 우리 모두에게 행복을 주는
둘도 없는 소중한 사람이니까…

고장 난 시계

나에게는 오래전에 산 고장 난 손목시계가 하나 있다. 여러 번 시계 약을 갈아보기도 했지만 조금 가다가 멈추고 또 가다가 멈추는 일이 자주 있어 그냥 보관만 하고 있을 뿐이다. 어찌 보면 운명 같은 그녀를 만나게 된 계기도 마치 이 고장 난 시계와 같다는 생각이 든다.

십 년 전 가을날, 직장 생활을 막 시작했던 나는 거래처로 향하던 중이었다. 거리에 수북이 쌓인 낙엽과 반대로 앙상한 가지를 드러낸 나무들은 겨울 준비에 한창이었고 사람들의 옷차림도 점차 두툼해지고 있었다. 오후 1시가 되어갈 무렵, 직장인들이 식사를 마치고 김이 모락모락 나는 커피를 든 채 삼삼오오 짝을 지어 다시 일터로 향하는 시간이다. 나도 이른 식사를 마치고 길거리를 종종걸음으로 걷고 있었는데 뒤에서 문득 이상한 소리가 들렸다.

"저… 저… 좀 집에 데려다 주세요. 저를… 좀, 집에 데려다 주세요."

웬 처음 보는 아가씨 한 명이 대뜸 나를 바라보면서 힘이 없고 가느다란 목소리로 이야기했다. 나는 두리번거리면서 주위를 둘러보았다. 나 이외에는 다른 사람이 전혀 눈에 띄지 않았다.

"아가씨, 저를 보고 하신 말씀인가요?"

그러나 그 여자는 아무런 대답도 하지 않고 같은 말만 되풀이했다.

"지금 여기가 어디예요? 저를 집으로 좀 데려다 주세요, 집으로요…."

나는 그냥 지나칠 수 없어 금방이라도 쓰러질 것 같은 그녀를 부축해서 제일 먼저 눈에 띄는 커피숍으로 들어갔다. 따뜻한 차 한 잔을 시키고 일단 진정시킨 후에 무슨 사연이 있는지 묻고 싶었다. 방금 내온 레몬 차 한 잔을 잠시 들이켠 그녀의 눈동자가 정상으로 돌아왔음을 직감할 수 있었다.

그리고 잠시 후 그녀는 내게 물었다.

"여기가 어디죠? 왜, 제가 여기에 있는 거예요? 당신은 누구세요?"

경계하는 눈빛으로 나에게 질문을 던지는 그녀에게 나는 몇 분 전 그녀가 지금과는 딴 사람처럼 무언가 중얼거렸다고 말해 주었다. 계속해서 그녀가 집에 데려다 달라는 말도 되풀이했다고 전해 주었다. 그제야 앞뒤 상황을 파악한 그녀는 30분 전 갑자기 정신을 잃었는데 그사이에 일어난 일은 아무것도 기억나지 않는다고 말했다.

그러나 지금은 다시 정상으로 돌아왔고 힘이 쭉 빠져서 약간 힘들 뿐이라며 애써 미소 지었다. 일주일에 한두 번 정도 이런 증상을 보인다고 조심스럽게 덧붙였다. 내 눈으로 보기에는 심한 발작성 간질이 아닌 정신을 잠시 잃는 수준의 가벼운 간질로 보였다.

이런저런 이야기를 나눈 후에 고맙다는 말과 함께 인사를 하고서 그녀는 자리에서 일어났다. 사무실로 돌아가야 하는데 시간이 꽤 늦었다고 걱정하는 그녀를 따라 나도 커피숍에서 나왔다.

길을 걸으면서 나는 그녀가 어디에서 근무하는지를 물어보았는데 놀랍게도 내가 다니는 회사와 같은 건물이었다. 나는 4층, 그녀는 10층. 서로 명함을 주고받았고 그 후 길거리에서 만난 특이한 인연으로 우리는 자주 만나게 되었다.

얼굴이 예쁠 뿐만 아니라 마음씨가 착하고 고왔던 그녀와 나는 잘 어울리는 연인이 되었고 가끔 아파서 정신을 잃은 그녀를 진심으로 잘 보살피고 돌봐줘야겠다는 생각이 들었다.

그렇게 우리 둘의 관계는 깊어져 갔고 두 사람 모두 결혼 적령기였기 때문에 미래에 대해 생각하지 않을 수 없었다.

그러나 결혼은 현실이었고 그렇게 낭만적인 것이 아니었다. 그녀의 어머니도 똑같은 병으로 고생하고 있었기에 유전성 질환이 아닌지 의심되었다. 만약 아이를 낳는다면 어쩌면 그 병을 고스란히 물려받을 확률도 있었다. 또한 집에 아무도 없는 상황에서 갓난아이를 돌보다가 정신을 잃기라도 한다면 아기는 속수무책으로 위험한 상황에 놓일 수도 있었다.

보통 한 번 정신을 잃으면 한 시간 또는 두 시간 동안은 거의 꼼짝도 하지 못하고 드러누워 있었다. 신경 계통 약을 먹으면 괜찮아지겠지 하면서 십 년 넘게 복용해 왔지만 증상은 더욱더 심해지기만 했다.

내 말을 들은 주위 사람들은 부모와 형제는 물론이고 아는 지인들까지 결혼을 신중하게 생각해 보라며 말렸다. 그렇게 우리에게 현실의 벽은 한없이 높아 보였다. 나 역시 결혼 후 벌어질 최악의 상황을 생각하면 걱정이 앞섰다. 축복 속에 준비해야 할 결혼이 주위의 만류로 시작하기도 전에 삐거덕거리며 파열음을 내기 시작했다.

우리는 어느 날 저녁 무렵 아무도 없는 도심 교회 예배당을 찾았다. 그리고 손을 꼭 붙잡고 무릎 꿇고 눈물로 기도했다.

'하나님! 이 사람을 만나게 해주신 것도 당신의 뜻이겠지요. 살면서 어렵고 힘든 순간이 있을 때마다 당신을 의지하게 도와주시고 사랑으로써 극복하게 도와주세요. 서로를 지키는 평생의 반려자로서 함께할 수 있도록 그리고 모든 사람의 축복 속에 결혼할 수 있도록 용기와 힘을 주세요.'

그렇게 마음속으로 기도를 마치자 눈물이 주르륵 흘러내렸고 걱정과 근심은 사라지고 평안함이 몰려왔다. 주님께서 우리 연인과 함께하

시리라는 확신과 함께….

양가 부모님들도 우리들의 완강한 결심과 고집을 꺾지는 못하셨다. 드디어 행복하게 결혼식을 올리고 우리는 하나가 되었다.

두 사람이 사는 작은 신혼집이었기에 가끔 아내가 어지러워하면 침대에 누워서 쉬라고 이야기해 줬다. 요리며 집 안 청소며 빨래며 그 때마다 그 모든 일은 내 차지가 되었다. 그러나 한 번도 불평하지 않고 모든 일을 책과 인터넷을 뒤져가며 끝마쳤다. 몸이 약한 아내는 결혼과 함께 직장을 그만두고 집안일만 거들었다.

드디어 우리 부부에게도 그렇게 바라던 첫 열매인 아이가 태어났다. 사내아이였는데 혹시 어떤 장애를 가지고 태어나지 않을까 걱정도 했지만, 다행히 정상적인 모습이었다. 목을 제대로 가누기 힘들 정도로 작고 연약한 어린아이는 여간 손이 가는 것이 아니었다.

몇 달 동안 서너 시간 간격으로 우유를 먹고 기저귀를 갈아 줘야 해서 아내는 제대로 숙면을 취하지 못해 휴식이 부족했고 그로 인해 어지러움을 느끼고 쓰러지는 횟수가 더 늘어났다.

그러던 어느 날 기어이 문제가 일어나고 말았다. 평일 오후에 아내가 아기 빨래를 삶는다고 가스 불 위에 올려놓은 것이 화근이 되었다. 오후 3시 무렵 아내가 다 죽어가는 신음 소리를 내며 전화를 했다. 정신이 없는 와중에도 아기가 걱정돼서인지 그저 본능적으로 내 단축 전화번호를 누른 것이다.

한참을 말을 하지 않고 있었기에 직감적으로 집에 무슨 일이 일어났을지도 모른다는 생각이 들었고, 그 즉시 택시를 잡아타고 집으로 갔다. 집 안 현관에 들어서는 순간 매캐한 연기와 함께 주방에서 불길이 치솟고 있었다.

나는 가스 불을 끄고 얼른 대야로 물을 받아 끼얹었다. 그제야 정신이 든 아내가 달려 나왔다. 하마터면 큰 화재로 번질 수도 있었던 검게 그을린 주방을 보면서 아내는 흐느꼈고 나는 괜찮다고 다독이면서 겨우 진정시킬 수 있었다.

이 지경이 되다 보니 하루하루가 거의 공습경보 때문에 불안에 떠는 전쟁터 같았다. 그래도 꾹 참고 기도했다. 이 고비를 잘 넘기고 아내와 아기를 돌볼 수 있는 힘을 달라고….

장인어른은 그렇게 생활이 힘들면 같이 들어와서 살라고 하셨지만, 몸이 불편하신 장모님을 돌보고 계신 것을 너무도 잘 알고 있던 터라 괜찮다고 말씀드릴 수밖에 없었다.

그러던 중 우연히 신문에 대서특필된, 복잡한 뇌수술에 성공한 어느 대학 병원의 기사를 읽게 되었다. 성공 확률보다 실패 확률이 더 큰 위험한 수술이었기에 감히 뇌를 열어 본다는 것은 그 당시로써는 죽음을 각오한 대수술이었다.

그러나 나는 그 순간 마음이 뜨거워졌고 왠지 모를 기대감이 들었다. 아내에게 이 사실을 알리자 기대 반 우려 반으로 관심을 보였다. 그 후 우리 부부는 저녁에 시간을 정해 놓고 매일 기도했다. 그 병원을 통해 아내의 병을 고칠 수 있게 해 달라는 간절한 마음을 담은 기도였다.

그렇게 시간이 흘러 그 병원에 검진을 받으러 갔을 때 담당 의사 선생님으로부터 뜻밖의 진단 결과를 들었다.

"아내분은 기억을 담당하는 중심축인 해마 부분이 손상된 것 같습니다. 이 부분이 잘못 작동하면 순간적으로 정신을 잃고 그 당시 벌어진 일을 기억하지 못하는 거지요. 따라서 머리를 열고 이 부분에 대해 수술을 해야 하는데 워낙 대수술이라 성공 확률은 그렇게 높은 편이 못 됩니다.

즉, 어느 정도는 위험을 감수해야 한단 뜻이지요. 정 내키지 않는다면 지금 드시는 신경 질환약을 평생 드시고 이따금 일어나는 정신 발작을 참고 살아도 됩니다. 이 뇌 수술은 생사가 달린 중대한 문제니까 집에 가셔서 부부 내외분이 충분히 상의하시고 일주일이 지난 후 다음번 검진 때 수술 여부를 말씀해 주시면 됩니다."

역시 우리가 예상했던 대로 수술이 간질을 없애 주는 최선의 해결책이라는 명확한 답변은 들을 수 없었다.

성공 반, 실패 반….

또한 목숨을 건 수술이었기에 위험 부담도 클 수밖에 없다는 사실을 확인한 정도였다.

그렇게 일주일이 다 흘러가고 우리는 마침내 중대 결정을 내렸다. 아내가 수술을 받기로 한 것이었다.

그리고 두 달을 기다려서야 수술 날짜가 잡혔다고 병원에서 통보가 왔다. 병원에 도착해서 이제는 마지막이 될지도 모르는 순간, 천진난만하고 아무것도 모른 채 돌을 막 넘긴 아이를 물끄러미 지켜보며 아내는 말없이 수술대로 향했다. 엄마와 한시도 떨어지려고 하지 않던 아이는 할아버지 품에 안겨 울음을 터뜨렸고 엄마에게 가겠다고 발버둥 쳤다.

아내는 환자복을 입고 입원해서 여러 가지 신경 검사, 조직 검사를 받았다. 나도 회사에 연가를 내고 함께 아내 곁을 지켰다. 입원한 지 5일이 지나서야 비로소 수술 날짜가 확정됐다. 수술을 받기 전 아내와 보호자인 나는 수술 동의서에 서명했는데, 치료 과정에 일어난 모든 과실에 대해서는 책임지지 않는다는 조항이 눈에 띄었다.

어쩌면 살아생전 아내를 다시 못 볼지도 모른다는 생각에 눈물이 핑 돌았다. 여러 가지 전기 센서를 몸에 부착하고 수술실로 향하는 아내를 잡고 간절히 기도했다. 모든 것을 하나님께 맡긴 채….

몇 시간이 지났을까. 병원 안내판에 아내의 이름이 있었다. 수술을 마친 후 회복실로 돌아왔음을 의미했다.

나와 처가 식구들이 수술이 끝났다는 안도의 한숨을 내쉬는 순간 다급히 의사 선생님이 나왔다. 수술은 끝났는데 뇌 속에 계속 피가 고여 있어 자칫 그대로 내버려두면 더 위험해질 수 있기 때문에 속히 재수술해야 한다고 떨리는 목소리로 말했다. 이미 한 차례 수술로 기력이 많이 떨어져 다시 머리 부분을 절개하면 어떤 사태가 발생할지 모른다며 마음의 준비를 미리 해 두는 게 좋을 거라고 일러 줬다.

그 말을 듣는 순간 하늘이 노래졌다.

'하나님이 어떻게 맺어 주신 인연인데 제대로 행복하게 살아 보지도 못하고 저렇게 하늘나라로 보낼 수 있단 말인가….'

쏟아져 내리는 눈물을 참지 못하고 그 자리에 털썩 주저앉았다.

밤 8시부터 다시 시작된 수술은 자정을 넘겨서도 끝나지 않았다. 아마도 큰 고비를 넘느라 아내는 사투 중인 것 같았다. 새벽 두 시, 무려 8시간이 넘는 긴 수술을 마친 후에야 아내는 다시 만신창이가 되어 회복실로 돌아올 수 있었다. 숨조차도 제대로 쉬지 못해 인공호흡기에 의지하고 있었다.

눈이라도 떠보면 좋으련만 회복실 유리창 너머로 보이는 아내의 머리에는 피범벅이 된 하얀 붕대가 둘러싸여 있었고, 혈색도 파르스름하여 그야말로 처참한 몰골이었다. 희미하게 뛰는 맥박, 미동도 하지 않는 모습 속에서 아직도 의식이 돌아오지 못하고 있는 위기 순간임을 직감할 수 있었다.

나는 창 너머로 '여보, 다시 일어나서 우리 아기 봐야지. 아직은 하나님 곁에 가면 안 돼. 우리 가정을 위해 정말 해 주고 싶은 일들이 아직 많이 남아 있단 말이야.'라고 되뇌면서 흐느꼈다.

잠시 후 가운을 입은 의사 선생님이 다시 우리에게 다가와 최선을 다해 수술을 끝마친 상태이며 이제 아내분의 회복 여부는 전적으로 아내의 강한 의지와 체력에 달렸다고 말했다.

아내는 만 하루가 지나서야 비로소 깨어났다. 머리가 빠개질 듯 아프다면서 엄청난 고통을 호소했다. 머리를 여는 대수술을 받고서 이렇게 죽지 않고 살아있는 것만 해도 하나님의 기적이었다.

나는 병상에 누운 아내의 손을 잡고 잘 견뎌줘서 고맙다고 말했다. 그러나 아내는 아무것도 기억이 나지 않는 듯 그저 내 손만 잡고 멀뚱멀뚱 눈을 깜박였다. 그러나 어느새 눈물이 글썽거렸다. 아기도 보고 싶다고 말했다. 예상외로 두 차례의 수술은 성공적으로 끝났고 아내는 빠르게 회복되어 갔다. 이따금 어지러움을 호소하기는 했지만 전처럼 정신을 잃지는 않았다.

몇 달 동안 계속 경과를 지켜보던 수술 담당 의사 선생님은 크게 무리하지만 않는다면 안심해도 좋다고 MRI 결과를 말해 주었다.

이제 아내와 결혼한 지 십 년이 되어 간다. 그리고 무럭무럭 자란 아들도 벌써 초등학교 1학년이 되었다. 아내가 뇌수술을 받은 지 7년이 넘었지만, 지금까지 어떤 발작 증세도 보이지 않았다. 또한 아들에게서 아내의 간질 증상과 같은 이상 징후는 발견되지 않고 있다.

그래서 아내가 건강을 회복한 기념으로 결혼 10주년을 맞는 올해,

온 가족이 함께 제주도로 여행을 떠나려 한다. 하나님이 구약에서 야곱의 배필을 위해 우물가에 리브가를 예비해 놓으셨던 것처럼 좋은 짝을 나에게도 예비해 두셨고, 제때에 만나도록 역사하셨던 것이다.

만약 주변의 만류와 현실적인 어려움 때문에 쉽게 포기하고 물러섰더라면 지금처럼 하나님을 바라보고 기도하면서 한곳을 향해 나아가는 오손도손하고 행복한 가정을 꾸릴 수 있었을까?

아무리 고장 난 시계라 할지라도 창조주의 손에 붙들리면 그분께서는 전체 부속품의 역할과 문제점을 속속들이 알고 계시기에 온전한 시계로 다시 되돌리실 수 있다. 이런 진리를 몸소 체험한 우리 부부는 하루하루를 감사한 마음으로 살고 있다.

모든 생사회복에 대한 섭리와 은총은 좋으신 하나님께 있다. 그분의 도움을 바라고 기도하면서 우리의 삶을 모두 맡길 때 구원의 기쁨 그리고 회복의 역사를 뜨겁게 체험할 수 있다.

사랑의 힘

그녀를 참 많이 좋아하나 봅니다.
선뜻 이렇게 결혼까지 생각하고 있으니 말이죠.
나의 그녀는 눈부시게 예쁘지만
고장 난 머리를 가졌습니다.
가끔 정신을 잃어 아무것도 기억하지 못하는
장애가 있다는 뜻이지요.

누군가는 그러더군요.
그렇게 머리의 어지럼증이 심하면
나중에는 옆에서 지켜보는 사람까지
지치고 힘들 거라고….
병원을 수시로 들락거려
너의 안타까움과 괴로움만 쌓여갈 거라고….
둘만의 삶은 괜찮지만
나중에 자식들마저
똑같은 병이라도 걸리면 그땐 어떡할 거냐고….

모든 사람의 말들이 너무나 맞고 옳아서
일일이 대꾸하지는 못했습니다.
그러나 그 순간 죽음마저 갈라놓을 수 없는
진실 된 사랑을 했기에
이 모든 사실은
내가 회피하거나 돌이킬 수 있는
가시밭길이 아니었습니다.
오히려 같이 짊어져야 할
아름다운 십자가 길이었습니다.

그녀의 고통이 나의 고통이었고
그녀의 눈물이 곧 나의 눈물이었습니다.
사랑의 위대함은 거센 북풍이 휘몰아치고
나무가 송두리째 뽑혀
주위를 폐허로 만든다 할지라도
우리가 마주 잡은 손을 놓지 않게 해 줬습니다.

물론 현실의 벽은 냉정하고 혹독할 테지요.
결혼은 연애와는 달리
서로의 삶 전체를 속속들이 들여다보는
하나 됨의 과정이니까요.
아픈 모습을 그대로 여과 없이 자주 보게 되면
당황하고 마음이 아파 어쩔 줄 몰라 하겠죠.

그러나 살아가면서
미리 일어날 일들까지 걱정하고 주저한다면
어떻게 온전한 사랑을 이룰 수 있을까요?
조금 장애가 있다고 꺼린다면
사랑을 어떻게 이처럼 숭고하고 소중하다고
주저 없이 이름 붙일 수 있단 말입니까?

오늘, 나만의 그녀 곁에 서 봅니다.
물론 내일도 변함없이 이 자리에 서 있을 겁니다.
걷다가 어지럽고 숨이 차면 조금 걸음을 늦추고
많이 힘들면 잠시 쉬어 가려 합니다.
사랑 앞에서는 장애라는 단어는 보이지 않으며
다만 약간의 불편함이 존재할 뿐이니까요.

사랑은 정금같이 순수하고 맑아

어떤 시련의 바다도 능히 헤쳐나갈 수 있습니다.

나의 그녀와 함께라면 죽음의 언덕까지도

함께 넘을 수 있을 겁니다.

왜냐하면, 나에게는

그녀를 진정으로 사랑하는 마음이

영원토록 한결같기 때문입니다.

– 장애를 갖고 살아가는 모든 이들에게 이 글을 바칩니다. –

폭풍우가 휘몰아쳐도

일곱 살 때 나는 오하이오 주의 콜럼버스 지방에 살았다. 그러던 어느 날 갑자기 하늘이 어두워지고 먹구름이 끼더니 폭풍우가 몰아쳤다. 바람의 세기로 보아 날씨가 심상치 않았고 멀리서는 회오리바람마저 다가오고 있었다. 모든 것을 집어삼키는 말로만 들었던 공포의 존재인 토네이도를 처음 본 순간이었다.

긴급 대피 사이렌이 울리고 도시 전체는 순식간에 아수라장으로 변했는데 내가 다니던 조그만 알프스 초등학교도 예외는 아니었다. 교내 방송을 통해 학생들은 속히 지하 대피소로 피하라는 교장 선생님의 다급한 목소리가 들려왔다. 쏟아지는 빗속에 수업을 접고 어린이들은 두려움에 떨면서 지하실로 뛰어 들어갔다.

선생님들은 한 명 한 명씩 아이들이 차례로 들어갈 때까지 거센 비바람을 견뎌야 했고 겁먹은 표정을 짓고 있던 아이들은 일제히 안에 들어가자마자 울음을 터뜨리기 시작했다.

나도 그 당시 뜻밖의 일에 우왕좌왕하면서 어쩔 줄 몰라 했다. 칠흑 같은 어두움과 번개와 천둥…. 공포와 겁에 질려 발을 뗄 수가 없었다. 더군다나 다른 아이들이 다 지하 대피소로 피신하는 동안 나는 멍하니 서 있을 수밖에 없었다. 며칠 전 다리를 다쳐 제대로 걸을 수 없었기 때문이었다.

필사적으로 절뚝거리면서 지하 대피소를 가려 했는데 퍼붓는 비와 밤처럼 깜깜한 어둠 때문에 한 치 앞도 제대로 볼 수가 없었다. 혼자 뒤처졌다는 공포가 엄습해 올 무렵 어머니가 항상 들려주시던 성경 구절이 마음속에 떠올랐다.

"두려워 말라. 내가 너와 함께함이니 놀라지 마라. 내가 너를 지켜 주리라."

몇 번을 되뇌는 순간 마음이 평안해졌다. 바로 그때 누군가가 내 손을 잡고 갈 방향을 몰라 헤매던 나를 이끌어 주셨다. 다급해서 아무 말도 하지 않으셨지만 아마도 내가 좋아하던 테드 선생님이 내가 염려되어서 찾으러 오신 것 같았다.

드디어 지하 대피소 앞에 거의 다 이르렀을 때 그분은 손을 놓고 저 멀리 사라졌다. 나는 아마도 나처럼 뒤처진 또 다른 아이를 찾으러 가셨을 거라고 생각했다.

그때 누군가가 "메리! 메리!" 하면서 내 이름을 부르고 어서 안으로 들어오라고 손짓하고 있었다. 거기에는 놀랍게도 다른 모든 선생님과 함께 테드 선생님도 걱정스러운 얼굴로 서 계셨다.

그리고 말씀하시기를 "메리야, 무사했구나. 여기서 널 찾았었는데 네가 보이지 않더구나. 곧바로 널 데리러 나가려 했지만, 거센 토네이도 때문에 그저 바로 앞까지 나가서 너를 부를 수밖에 없었단다. 그런데 이곳까지 네가 잘 찾아와 줘서 정말 다행이야."라고 하셨다.

나는 눈이 휘둥그레졌다. 주위를 둘러봤더니 이 학교에 근무하시는 교장 선생님을 비롯한 모든 선생님이 대피소 안에서 내가 다친 곳은 없는지 걱정스러운 눈으로 쳐다보고 계셨다. 아마 선생님들도 갑작스럽게 지하 대피실로 피신하다 보니까 정신이 없으셨고 모든 아이가 선생님들을 따라서 대피한 줄 알았던 것이리라.

그럼 누가 그 순간 내 손을 잡아 이끌어 준 것일까? 그때가 벌써 15년 전의 일이다. 난 지금까지 지내오는 동안 그때 나를 인도해 주셨던 그 따스한 손의 감촉을 잊을 수가 없다. 그 손은 지금도 어둠 속에서 나를 이끌어 주고 계신다.

인생이란…

굽이치는 우리네 인생은
피아노를 치는 모습과
많이 닮았습니다.

그래서
흰 건반은 행복한 날들을
검은 건반은 고통스러운 날들을
여실히 보여 주지요.

당신에게도
사는 동안
검은 건반이 휘몰아치듯
힘든 순간이
몇 차례 찾아올 겁니다.

그때마다

이 사실을 기억해 두세요.

멋진 화음과 선율이 어우러진

아름다운 음악을 위해선

검은 건반도

때론 필요하다는 것을….

사랑의 수화

첫 교제를 시작할 때부터 여자 가족은 그 남자를 만나는 것을 극구 반대했다. 내세울 만한 학벌도 가족 배경도 없었던 남자의 초라한 모습은 여자 부모님의 눈에 찰 리가 없었고, 딸에게는 그 남자와 결혼하면 고생만 하게 될 거라는 핀잔과 잔소리를 계속해댔다. 가족의 반대 때문이었는지 두 사람은 사소한 일로 다투곤 했다.

그 여자는 그 남자를 깊이 사랑했음에도 불구하고 항상 그에게 물었다.

"당신이 나에게 보여 줄 수 있는 사랑이 정말로 진심인지 모르겠어요."

그 남자는 말재주가 없어 제대로 답하지도 표현하지도 못했기 때문에 그런 모습들이 쌓여 가면서 여자는 속상하고 화가 나는 일이 잦았다. 가족에게 받는 싸늘한 냉대와 그에 대한 실망감 때문인지 버럭 짜증과 투정을 부리는 경우도 많아졌다. 그럴 때마다 남자는 조용히 침묵하면서 참아 주고 기다려 주는 것이 최선이었을 뿐이었다.

티격태격하는 사이에 벌써 이 년이란 시간이 흘러 남자는 대학 공부를 마치고 해외에서 자신의 공부를 더 하기를 원했다. 그래서 남자는 유학을 떠나기 전에 그녀에게 프러포즈했다.

머뭇거리는 말투로 마침내 용기를 내서 말했다.

"나는 보다시피 말주변이 없어. 하지만 널 진심으로 사랑해. 내 사랑을 받아 준다면 평생 너만을 아끼고 사랑하면서 살게. 가족들도 나를 인정할 수 있도록 최선을 다할 거고…. 이 년 후에 공부를 마치고 돌아오면 나랑 결혼해 줄 수 있어?"

끈질긴 그 남자의 구애와 정성에 마침내 여자도 청혼을 받아들였고, 가족도 그와의 결혼이 탐탁지 않았지만 마지못해 승낙해 주었다. 그 커플은 남자가 유학을 떠나기 전 약혼했고 공부를 마치고 돌아오면 곧바로 결혼식을 올릴 예정이었다.

여자는 졸업 후 직장을 잡고 일하러 갔고 남자는 해외로 나가 학업을 계속했다. 그들은 수시로 이메일과 전화로 서로의 사랑을 확인했고 기다리는 일이 힘들었지만, 끝까지 사랑을 지켜나갔다.

그런데 어느 날 출근하던 중 여자가 운전하던 차를 뒤에서 오는 차가 들이받았고 그녀는 순간 정신을 잃고 쓰러졌다. 그녀가 눈을 떴을 때 부모님은 걱정스러운 눈빛으로 병원 침대 곁에서 그녀를 바라보고 있었다.

그녀는 자신이 심각한 부상을 당했다는 것을 알게 되었다. 그녀의 엄마가 우는 모습을 보는 순간 그녀는 엄마에게 자신은 괜찮다고 말하면서 안심시켜 주려고 했다. 그런데 말을 하려는 순간 목소리는 나오지 않았고 거친 한숨 소리만 튀어나왔다. 그녀는 사고로 그만 목소리를 잃게 된 것이었다.

의사 선생님은 그녀에게 교통사고로 입은 뇌의 충격 때문에 목소리를 잃게 되었다고 설명했다. 그녀는 병원 침대에서 한참을 서럽게 울었지만, 아무 소리도 나지 않았고 슬픈 침묵만 온종일 흘렀다.

집에 돌아왔을 때 모든 것은 똑같았다. 한 시간이 멀다고 매일같이 울려대는 전화벨 소리를 제외하고는…. 그 전화벨 소리는 마치 그녀의 심장을 콕콕 찌르는 것만 같았다. 그녀는 자신의 비참한 현실을 그 남자가 알기를 원하지 않았다. 그 남자의 짐이 되기는 싫었기 때문이다.

그래서 눈물이 앞을 가렸지만, 그녀는 남자에게 자신은 더 이상 기다리지 않을 거라고 편지를 써서 부쳤다. 그 남자는 수백 통의 답장을 보냈고 셀 수 없을 정도의 전화를 걸었지만, 그녀는 받지 않았고 자신의 처지가 서러워서 소리 나지 않는 울음을 터뜨릴 뿐이었다. 부모님도 딸의 이런 모습이 너무 안쓰러웠는지 그 남자가 연락할 수 없는 곳으로 가족 전부 이사를 가 버렸다. 딸이 가능한 빨리 모든 것을 잊고 새 출발해서 다시 안정을 찾을 수 있도록 배려했던 것이다.

새로운 환경에서 그녀는 말 대신 수화를 배웠고 서서히 평온을 되찾아 갔다. 또한 매일 자신에게 이제는 그 남자를 잊어야 한다고 다독였다.

몇 개월이 흐른 후 그녀의 친구가 찾아와서 그 남자가 돌아왔다고 알렸다. 그녀는 친구에게 자신에게 일어난 일들을 부디 그 남자에게 알리지 말아 달라고 부탁했다. 그 후로 그 남자에 대한 소식은 뚝 끊겼고 그렇게 일 년이 흘러갔다.

그러던 어느 날 그녀의 친구가 다시 찾아와서 불쑥 하얀 봉투를 내밀었다. 겉봉을 살짝 보니까 그 남자의 결혼을 알리는 청첩장인 듯 보였다. 잊고 살았던 과거의 기억이 떠오르면서 여자의 마음은 산산이 무너져 내리고 심하게 아파져 왔다.

잠시 멍하니 서 있다가 눈물을 훔치면서 초대장을 열어봤을 때 뜻밖에도 청첩장 안에는 자신의 이름이 박혀 있었다. 무슨 일인지 어리둥절하면서 그녀의 친구에게 자초지종을 물어보려고 했을 때 그 남자가 그녀 앞에 서 있었다.

그는 빙긋 웃으면서 두 손을 사용해서 천천히 수화로 말했다.

"공부를 마치고 돌아왔을 때 너에 대한 모든 소식을 알게 됐어…. 네가 목소리를 잃었을 때 아무렇지 않게 나타나고 싶었지만… 어떤 상황에서도 너를 사랑하는 모습을 보여 주고 싶었어…. 그래서 나는 일년 동안 수화를 배웠지…. 너무 늦게 나타나서 미안해…. 그리고 기다려 줘서 고마워…. 네가 지금 어떤 모습이든… 널 사랑하는 내 마음은 변함이 없어….

지난번 프러포즈를 했을 때 네가 부족한 나를 받아 줬듯이 이젠 내가 너를 감싸줄게…. 내가 너의 목소리가 되어줄 기회를 주겠니? 사랑해…. 한결같이….”

서툰 수화를 마치고 나서 그 남자는 결혼반지를 그녀의 손에 끼워 주었다. 그녀의 두 눈에서 눈물이 흘러내렸고 남자는 말없이 그런 그녀를 끌어안아 주었다. 그녀는 세상 어느 여자보다도 행복했고 기쁨이 넘쳤다.

사랑에 대하여…

사랑은
물먹은 솜처럼
너무 무거워서도 안 되며
바람에 흩날리는 깃털처럼
마냥 가벼워서도 안 된다.

은근과 품위를 지니며
경박하지 않은 존경과 이해,
서로를 아끼는 튼실함이
깊이 뿌리를 내려야 한다.

바람결에 들려오는
작은 소리에 귀 기울일 줄 아는 지혜로움,
자리 잡지 못해 주름져 버린 빨래를
가지런히 널 줄 아는 인내와 소박함…

사랑하기에 견뎌야 했던

숱한 시간들을

겹겹이 잘 짜여진

행복이란 빛깔로

하얗게 한껏 물들여야 한다.

사랑,

그 이름에 담긴

진실함에 견줄 수 있는 존재는

이 세상에

아무것도 없음을 알기에

가슴 한쪽을 드리우고 살아야 한다.

권태기가 찾아온 부부에게

나의 남편은 조그만 회사에서 기술자로 일하고 있다. 그의 변함없는 성품과 사나이다운 넓은 마음과 포근함에 반해 나는 그를 사랑하게 되었다. 하지만 3년간의 연예와 2년간의 결혼 생활이 계속되는 동안 드디어 나의 인내심은 한계에 다다랐고 모든 것이 짜증 나고 싫증 나기 시작했다. 내가 그를 좋아했던 이유가 이제는 모두 다 나를 안절부절못하게 하고 답답하게 만드는 원인으로 돌변해 버렸기 때문이다.

나는 낭만적이고 감동적인 생활을 꿈꾸었었고, 대인 관계나 감정에서도 지극히 예민하고 동심을 꿈꾸는 여자였다. 나는 마치 어린 여자아이가 '캔디'를 바라는 것처럼 로맨틱한 순간들이 결혼 생활에서도 매 순간 계속되기를 바랐었다.

그런데 2년을 살아보니 남편이란 사람은 그와는 완전히 정반대였다. 지금껏 낭만이라고는 눈곱만큼도 찾아볼 수 없었던 무덤덤한 그의 태도로 실망한 적이 한두 번이 아니었고 이벤트는커녕 감동적인 모습조차 아예 꿈꿀 수 없었다. 이제는 남편에 대한 증오심이 부글부글 끓어오르면서 사랑에 대한 모든 환상이 무너져 내렸고 결혼 생활도 함께 처참하게 헝클어져 버렸다.

어느 날, 나는 더 이상 참을 수 없어 미칠 것만 같았다. 그래서 나는 오랜 방황 끝에 내린 내 결심을 알리기 위해 그에게 이혼을 요구했다.

"왜 그래, 당신?"

그는 엄청나게 놀란 표정으로 물었다.

"왜냐고? 결혼 생활이 싫증이 났어. 아니 진절머리가 나. 내 마음이 이렇게까지 변했는데도 몰라서 물어? 그 이유를 꼭 하나하나씩 설명해 줘야 알아듣는 거야? 그렇게 여자 마음을 몰라? 낭만이라곤 눈곱만큼도 없으면서…."

나는 큰소리로 그동안 쌓인 감정을 퍼부어댔다. 남편은 이내 표정이 어두워지더니 멍하니 서서 아무 말도 하지 못했다. 그저 밤새 담배만 피워대면서 깊은 생각에 잠겼다. 뭐라고 제대로 변명조차 하지 않는 그의 초라한 뒷모습에 내 실망은 점점 커져만 갔다.

이혼이란 막다른 골목에 내몰렸는데도 화도 내지 못하고 자신의 감정조차 제대로 표현하지 못하는 바보 같은 남자와 그동안 살아왔다니….

맹숭맹숭하고 밋밋한 결혼 생활을 하면서 속아 산 것이 분하고 속상해서 가슴이 터져버릴 것 같았고, 이제 더 이상 그에게서 아무것도 기대할 수 없기에 그저 결혼 생활을 하루라도 빨리 끝내고 싶었다.

마침내 안절부절못하며 서성이던 그는 나에게 간절한 눈빛으로 물었다.

"당신 마음을 바꾸게 하려면 어떻게 하면 될까? 나에게 당신을 웃고 행복하게 할 기회를 한 번 만 더 주면 안 될까?"

그때 누군가가 사람의 성격은 평생 바꾸기 어렵다고 말했던 것이 뇌리에 스쳤다. 그리고 이제는 그에 대해 마지막 남아 있던 믿음과 정나미마저 모두 털어내고 싶었다.

한참 그의 눈을 쏘아보다가 천천히 퉁명스럽게 대답했다.

"그래, 그렇다면 질문 하나만 해 볼게. 내 질문에 진심을 담아 대답하고 만약 나를 감동시킬 수만 있다면 어쩌면 내 마음이 바뀔지도 몰라. 이를테면, 산 절벽 중턱의 한가운데 피어 있는 꽃 한 송이를 내가 원한다면 어떻게 할 건데? 그 꽃 한 송이를 따기 위해선 당신 목숨을 내놓아야 할지도 몰라….

그런데도 과연 당신이 나를 위해 그 꽃을 꺾어서 가져다줄 용기라도 있겠어? 물론 어림 반 푼어치도 없겠지…."

그는 잠시 머뭇거렸다. 그리고 기어들어가는 목소리로 대답했다.

"내일 그 질문에 대한 답을 해 줄게."

열정도 매력도 없이 풀이 푹 죽은 듯한 목소리에 내가 가졌던 한 가닥 희망의 조각마저 산산이 부서져 버렸다.

다음 날 아침, 잠에서 깨었을 때 그는 집에 없었다. 다만 그가 손으로 휘갈겨 쓴 쪽지 한 장이 식탁 위 물잔 아래에 놓여 있었다.

'나는 당신을 위해 그 절벽에 핀 꽃을 따다 줄 수는 없어, 그런데 잠시만…. 내가 그 이유를 더 자세히 설명할 시간을 줄 수 있겠어?"

첫 문장을 읽자마자 '저따위 열정도 용기도 없는 남자가 그럼 그렇지… 무슨 일을 할 수 있겠어?'라는 생각이 치밀어 오르면서 이미 결혼생활은 파경을 향해 가고 있음을 직감했다. 그래도 계속해서 읽기로 했다.

'당신이 컴퓨터를 쓰면서 불필요한 악성 파일 때문에 속도가 느려졌다고 속상해할 때 나는 뒤에서 가만히 지켜만 보고 있었어. 그 대신 나중에 모든 프로그램을 복구시켜 놓고 악성 파일들을 다 지워 놓았지. 당신이 열쇠를 집에 두고 나갔을 때면 당신이 문을 못 열어 당황할까 봐 나는 항상 서둘러 집에 와서 당신을 맞이했었지. 당신이 여행을 좋아하지만, 그 낯선 도시에서 길을 잃을까 봐 나는 당신에게 길을 안내하기 위해 이곳저곳을 먼저 찾아보면서 미리 준비해 두었어.

날이 추워 집 안에만 머물러 있으려면 어린아이처럼 지루해할 때가 올까 봐 재미있는 이야기들과 농담들을 들려주려고 서툴지만 조금씩 지금도 연습하고 있고. 컴퓨터 작업으로 눈이 피로해지고 흐릿해지면 내가 먼 훗날 당신 대신 당신 손톱, 발톱도 깎아 주고 성가시게 만드는 하얀 머리카락도 뽑아 주려고 했었는데….

지금 젊었을 때 더 열심히 일해서 조금 여유가 생긴다면 당신과 함께 팔짱을 끼고 해변을 산책하면서 지는 태양도 보고 반짝이는 모래를 보고도 싶었지…. 화사하게 핀 꽃들의 색깔이 마치 당신의 젊었을 때의 모습을 닮았다고 말하면서 말이야.

여보… 이 세상에 나보다 더 당신을 사랑하는 사람이 나타난다면 난 주저 없이 기꺼이 절벽에 핀 그 꽃을 꺾으러 가겠고 내가 꽃을 따다가 죽는다 해도 여한이 없을 거요…. 사랑해요….'

그 순간 눈물이 편지 위로 뚝뚝 떨어져 내렸다. 손으로 쓴 글씨에 눈물이 닿자 잉크가 번져 나갔다. 그 흐린 눈빛으로 나는 계속 편지를 읽어내려 갔다.

'이제 내 대답을 들었다면, 그리고 조금이라도 당신 마음이 누그러졌다면 지금 현관문을 열어 주시구려. 추운 새벽부터 나가서 당신이 가장 좋아하는 빵과 우유를 사 가지고 그 앞에서 꼼짝하지 않고 지금까지 서 있을 거니까…. 오늘 하루 종일 말이오."

나는 당장 달려가서 그 문을 열었다. 그의 상기된 얼굴을 보면서 힘껏 그를 끌어안았고 차가워진 손을 잡고 집 안으로 그를 들였다. 이제 나는 확실히 알았다. 그 사람만큼 나를 사랑해 줄 사람이 이 세상에 없다는 것을…. 그리고 그 절벽 위에 핀 꽃은 그냥 마음속에만 남겨 두기로 결심했다.

그렇다. 그것이 인생이고 사랑이다. 누군가를 사랑하게 되고 시간이 어느 정도 지나면 흥분되고 설레는 감정은 사라져 버리고 무감각해지게 마련이다. 그러나 그 편안하고 익숙함 사이에 놓여 있는 진정한 사랑은 절대 변하지 않는 법이다.

또한 사랑은 여러 가지 형태로 나타날 수도 보일 수도 있다. 때론 사랑은 작고 사소하며 하찮게 보일 수도 있고 지루하고 따분한 모습일 수도 있다. 화려한 꽃처럼 로맨틱한 순간들은 처음 사랑을 시작할 때만 눈부시게 반짝일 뿐 익숙해지면 곧 수면 아래로 깊이 가라앉고 만다. 그 대신 사랑의 밑바닥에는 진실과 이해 그리고 신뢰라는 견고한 기둥들이 자리 잡게 되는 것이다.

눈에 보이지 않는 위대한 사랑의 불씨를 우리가 잠시라도 볼 수만 있다면 모든 권태기는 사라질 것이며 이혼이란 극단적인 상황도 피할 수 있을 것이다.

당신을 사랑할 수 있다면…

한여름 밤 매미처럼
당신을 사랑하는 세레나데를
목청껏 부를 수 있다면
비록 짧은 생애를
살다 간다 할지라도
후회는 없을 겁니다.

가을바람에 흩날리는
수천 개의 홀씨 속에 담은
내 흔적 하나라도
당신 마음에 심어질 수 있다면
그걸로 만족할 겁니다.

온몸을 누에 줄로 얽어매어

차가운 겨울을 견디고

나비를 꿈꾸는 애벌레들 곁에서

당신을 그렇게

한 번이라도 포근히

감싸 안을 수 있다면

그 작은 실타래의 삶으로도

나는 행복할 겁니다.

당신을 알면서 느꼈던

사랑, 눈물, 아픔…

이젠 당신이 내 삶의 전부이기에

당신을 가슴으로 사랑하는 일만

남겨 놓겠습니다.

곰 인형과 하얀 장미

쇼핑몰을 둘러보고 있을 때 한 계산대 직원이 꼬마에게 돈을 돌려주는 모습을 보게 되었다. 그 남자아이는 어림잡아 다섯, 여섯 살 정도의 어린아이였다.

계산대 직원은 아이에게 이렇게 말했다.

"꼬마야, 미안하지만 이 곰 인형을 계산하기엔 네가 가진 돈이 부족하구나."

그러자 꼬마 아이는 옆에 함께 서 있던 할머니에게 간절한 눈빛으로 이야기했다. "할머니, 제가 정말 이 인형을 사기에는 돈이 부족한 건가요?"

할머니는 "얘야. 저 인형을 왜 사려고 하니? 지금 한가하게 저런 것 살 때가 아니니까 그만 고집부리렴. 지금 여기서 떼를 쓰면 못써."라고 말하면서 눈살을 찌푸렸다.

자꾸만 보채는 손자를 계산대 앞에 잠시 서 있게 하고서 할머니는 식료품을 사기 위해 혼자서 다른 쪽으로 가셨다. 그렇지만 꼬마 아이는 여전히 손에 봉제 인형을 단단히 쥐고 있었다.

계산대 줄이 계속 밀리는 바람에 나는 그 아이에게 다가가서 살며시 물어보았다. "꼬마야, 너는 왜 이 인형이 그렇게 필요한 거니?"

아이는 질문을 듣자마자 "이 인형은 내 여동생이 몹시도 바라는 거예요. 이번 크리스마스 선물로 말이에요."라고 말했다.

그리고 "동생은 이번 크리스마스에 산타클로스가 그 인형을 선물로 가져다줄 것도 알고 있지요."라고 덧붙였다.

나는 아무렇지도 않게 "그럼, 산타클로스 할아버지가 조금만 기다리면 그 곰 인형을 내 동생에게 가져다줄 텐데 뭐가 그렇게 걱정이니?"라고 물어보았다.

그러자 아이는 표정이 어두워지면서 "아니요. 산타클로스는 그 인형을 지금 내 동생이 있는 곳으로 가져다줄 수 없어요."라고 대답하고, 잠시 후 울먹이면서 "제 여동생은 얼마 전 하늘나라로 갔거든요. 아빠가 말씀하시길 어쩌면 이제 곧 엄마도 하늘나라로 갈 거래요. 그래서 저는 엄마가 그 인형을 제 여동생에게 가져다줄 수 있으리라 생각했거든요."라고 대답했다.

그 대답에 나는 갑자기 심장이 멎는 듯한 슬픔이 몰려 왔다.

그 꼬마 아이는 나를 올려다보며 계속 말했다.

"나는 아빠에게 아직 엄마를 보내지 말아 달라고 말했어요. 내가 쇼핑몰에서 돌아올 때까지는 말이에요."

말이 끝나자 주머니에서 자신의 웃는 모습이 찍힌 사진 한 장을 꺼내서 나에게 보여 주었다.

"나는 엄마가 저를 저 하늘나라에서도 잊지 않도록 제 사진도 가져갈 수 있도록 함께 전해드릴 거예요. 엄마를 정말 많이 사랑해서 제 곁을 떠나지 않으시면 좋겠는데 아빠가 엄마도 곧 여동생 곁으로 갈 거니까 이별을 준비하래요."

울음을 터뜨리면서 아이는 또다시 자신이 들고 있는 곰 인형을 바라보았다.

나는 주머니에서 그 아이 모르게 돈을 꺼낸 후 넌지시 꼬마 아이에게 말했다.

"우리 한 번 더 가져온 돈을 함께 세어 볼까? 그 인형을 살 만큼 충분한 돈이 있는데 잘못 센 건 아닐까?"

그 아이는 "좋아요. 이번에는 충분했으면 좋겠네요."라고 대답했다.

나는 그 아이가 눈치채지 못하게 약간의 돈을 집어넣은 후 다시 돈을 세기 시작했다. 그 인형을 사기에 충분한 돈이 되었고 인형의 값을 치르고도 약간의 돈이 남았다.

그러자 꼬마 아이는 "하나님! 감사합니다. 인형을 살 만큼 충분한 돈을 주셔서 말이에요."라고 짧게 기도한 후 나를 쳐다보면서 "지난밤,

저는 하나님께 제 여동생에게 줄 충분한 돈을 마련하게 해 달라고 기도드렸는데 그 기도를 들으셨나 봐요. 이제는 남은 돈으로 엄마를 위한 하얀색 장미를 사야겠어요. 엄마가 장미를 무척 좋아하셨거든요." 라고 말했다.

몇 분 후 그 아이의 할머니가 돌아오셨는데 나는 내 장바구니를 들고 아무것도 모르는 척 슬며시 그곳을 떠났다.

그 후 어떻게 쇼핑을 했는지도 모르게 집으로 돌아왔지만 그 아이가 했던 말과 눈빛이 가슴에 한동안 짠하게 남아 아무 일도 할 수 없었다. 그 순간 나는 이틀 전 지역 신문에 실렸던 기사가 문뜩 떠올랐다. 만취한 한 남자가 트럭을 몰고 가다가 젊은 여자와 아이를 치었다는 내용이었다.

그 여자아이는 현장에서 즉사했고 엄마는 현재 위독한 상태라고 보도했다. 그런데 안타까운 것은 엄마는 의식 불명의 혼수상태이며 인공호흡 장치에 의존해서 숨만 쉬고 있다고 전했었다. 어쩌면 더 이상 살아날 가망성이 없다는 의료진의 판단하에 인공호흡 장치를 제거해야 할지도 모른다고 덧붙였다.

그 꼬마 아이의 가족이었을까? 그 아이와의 우연한 만남이 있은 지 이틀 후 결국은 그 젊은 여자도 죽었다는 기사를 읽었다. 나는 즉시 옷을 챙겨 입고 하얀색 장미를 들고 황급히 기사에 실린 장례식장으로 달려갔다.

찬송가를 부르며 그 아이의 엄마를 위한 눈물과 슬픔의 장례식이 진행되고 있었다. 그녀가 누운 관 안에는 하얀색 장미꽃 한 송이와 그 꼬마 아이가 해맑게 웃고 있는 사진이 놓여 있었고 그녀의 가슴 위에는 쇼핑몰에서 산 곰 인형도 나란히 놓여 있었다.

엄마와 여동생에 대한 꼬마 아이의 애달픈 사랑에 나도 모르게 눈시울이 뜨거워져서 더 이상 그 자리에 서 있을 수가 없었다.

술 취한 운전기사의 한순간 실수가 그 꼬마 아이에게서 가족 전체를 송두리째 앗아갔다. 그 고통을 과연 누가 보상해 줄 수 있단 말인가? 그 순수하고 아름다운 아이의 가족사랑은 내 기억에 깊이 남았다. 그리고 힘들어질 때마다 나의 삶 전체를 되돌아보는 계기가 되고 있다.

먼저 먼 길을 떠난 아이에게

예전에
비록 작고 좁은 집이었지만
함께 뛰놀고 웃었던 시절이 기억나니?

아직도
너의 웃음소리가 귓가에 들리고
사랑한단 말을,
미안하단 말을
끝내 다 하지 못했는데….
벌써 천사가 되어
우리 곁을 떠나간 거니?

잠시였지만 너의 이름을 부르며
같이 기뻐하고 눈물 흘릴 수 있었던
따뜻한 가족이어서 행복했단다.
그리고 너의 엄마가 되고,
아빠가 될 수 있어서 자랑스러웠어.
고마워….

남은 세월 잊지 않을게

귀여운 너를 사랑했던 기억을….

하지만 평생 눈물이 나겠지….

언젠가 너를 천국에서 다시 만나는 날

못다 한 사랑으로

원 없이 끌어안아 보듬어 줄게….

사랑한다…. 사랑해….

아주 많이 사랑해….

기도의 힘

신실한 크리스천이었던 대학생 다이안은 여름방학을 맞아 집에 왔다. 모처럼 저녁에 친구들을 만나 이런저런 지난 이야기들을 나누다 보니 시간이 금방 지나갔다. 그녀가 생각했던 것보다 많이 늦어져 자정을 훌쩍 넘겼지만, 그래도 홀로 집까지 걸어와야만 했다. 그래도 몇 블록만 걸어가면 그녀의 집이었기에 크게 걱정하지는 않았다.

다이안은 커다란 느릅나무 아래를 지나면서 하나님께 자신을 어떤 위험과 악으로부터 안전하게 지켜달라고 기도했다. 그녀는 비록 약간 어둡고 한적해 보이지만 골목길로 지나가리라 마음먹었다. 그 길이 지름길이었기 때문이다.

그러나 그 골목길 중간쯤에 한쪽 끝에서 한 남자가 마치 그녀를 기다리고 있다는 듯이 빤히 쳐다보면서 서 있었다. 갑자기 불안감이 몰려왔지만, 그녀는 하나님께 자신을 지켜 주시기를 나지막이 기도하기 시작했다. 즉시 평온함이 찾아왔고 누군가가 자신과 함께 걸으면서 보호해 주고 있다는 느낌도 들었다. 마침내 그녀는 그 남자를 지나쳐 집에 무사히 도착할 수 있었다.

그런데 다음 날 아침 신문에서 바로 그날, 한 소녀가 같은 골목길에서 강간을 당했다는 기사를 읽게 되었다. 사건 발생 시간을 보니 그녀가 그곳을 지나친 지 불과 20분밖에 지나지 않은 시간이었다.

이 엄청나고 갑작스런 사건에 가슴이 무너져 내렸고 만약 그 희생자가 그녀였을 수도 있었다고 생각하니 눈물이 흘러내렸다. 그녀를 안전하게 지켜주신 하나님께 감사하면서도 그 불행한 일을 당한 소녀를 돕기 위해 서둘러 경찰서로 가야겠다는 마음이 들었다. 그녀는 아마도 자신을 노려봤던 그 남자를 쉽게 알아낼 수 있으리라 확신했기 때문이다.

경찰은 용의 선상에 있는 남자들 사진들을 보여 주면서 그 끔찍한 범죄를 저지른 남자를 찾아낼 수 있겠느냐고 물었다. 그녀는 사진들을 보자마자 그날 밤 그 골목길에 있던 남자를 단번에 지목해 냈다.

드디어 그 용의자는 경찰서로 끌려 왔고 취조가 시작되자 체념한 듯 순순히 자신의 죄를 자백했다. 경찰관은 다이안의 용감한 행동과

협조에 고마워하면서 신변 보호를 포함해서 다른 어떤 도움이 필요하냐고 물었다.

그 순간 다이안은 자신이 그 남자의 희생자가 될 수도 있었는데 왜 그가 먼저 자신을 덮치지 않았는지 궁금해졌다.

나중에 경찰관이 그 용의자에게 그녀와 관련된 질문을 했을 때 그는 투덜대면서 대답했다.

"물론, 그 어둑어둑한 골목길에서 먼저 마주쳤던 그녀를 덮치려고 기회를 엿봤지요. 그런데 그녀는 혼자가 아니었어요. 그녀 양쪽 편에는 키가 큰 남자 두 명이 함께 걷고 있었거든요."

이 사건은 단지 지어낸 도덕적인 이야기가 아닌 실제 경험담이다. 기도하는 신실한 그녀에게 하나님은 천사들을 보내어 감당할 수 없는 위험을 벗어나도록 지켜주신 것이다.

하늘 정원

비가 오면 열리는 하늘길
그 모퉁이를 돌아가면
무지갯빛 하늘 정원이 있습니다.

사계절 우아한 자태를 뽐내는
형형색색의 꽃들이 피어 있고
나의 눈물과 기도로 키우는 곳,
어두운 그림자도 고독이란 밤도 없어
늘 꽃향기만 가득합니다.

소망의 햇살을 받고
믿음의 개울물이 졸졸 흘러
사랑을 머금은 꽃들은
활짝 피어 반갑게 미소 짓습니다.
새들이 지저귀고 한 마리 토끼가
정겹게 뛰노는 곳,
눈을 감고 귀 기울일 때마다
언젠가 돌아갈 고향임을
늘 일깨워 줍니다.

이 땅의 생이 다하는 그날까지

나에게 주어진

하늘 정원을 열심히 가꾸겠습니다.

모난 잡초도 뽑고

정성껏 도움과 헌신의 거름도 주면서

감사라는 이름의 푯말,

사랑이란 울타리를 만들어 가려 합니다.

내 곁에 있는 소중한 이들과 함께

느리겠지만 천천히

그곳을 향해 나아가는

저는 당신의 택함과 은총을 받은

행복한 사람입니다.

천국의 완성

뉴욕, 브루클린에 위치한 크러쉬 학교는 학습 장애가 있는 아이들을 위해 설립된 장애인 특수학교다. 대부분의 아이들은 모든 배움의 과정을 이곳에서 끝마치는데, 상태가 호전되는 일부 아이들은 일반 학교로 옮겨가기도 한다.

어느 날 기금 모금 저녁 행사에서 이 학교에 다니는 한 아이 학부형의 찬조 연설을 듣게 되었는데, 그날의 연설은 참석한 모든 사람에게 잊을 수 없는 감동을 주었다. 그는 장애인 학교를 설립해 준 설립자의 노고와 아이들 교육을 위해 헌신하는 선생님들께 감사의 인사를 드린 후 천천히 이야기를 시작했다.

"장애를 가진 나의 아들 타미에게서 어떤 온전한 모습을 찾을 수 있나요? 하나님의 뜻이 그리고 천국이 이 땅에서도 온전히 이루어진다고요? 하지만 내 아이의 저런 모습을 본다면 어떻게 그 사실을 이해하고 받아들일 수 있단 말입니까?

저 아이는 바로 며칠 전에 있었던 일조차 제대로 기억하지 못하고 다른 아이들처럼 평범한 상황조차 판단할 수 없는 지적 장애아인데…. 도대체 하나님이 말씀하신 온전함이란, 천국의 완성이란 어디에서 찾을 수 있는 거지요?"

청중들은 그 아버지가 오랫동안 느껴왔을 고통의 무게와 정곡을 찌르는 듯한 질문에 의해 찬물을 끼얹은 듯 조용해졌고 긴 침묵이 흘렀다.

그러나 그 아버지는 계속해서 말을 이어 나갔다.

"하지만… 저는 믿습니다. 하나님이 저 아이를 이 세상에 보내 주신 것은 다른 사람들의 사랑과 돌봄을 통해 그 아이에게 천국의 완성과 기쁨을 보여 주라는 뜻이겠지요."

그러면서 그는 자기 아들에게 일어난 일을 들려주었다.

어느 날 오후, 타미와 함께 공원을 걷고 있었는데 그가 알고 있는 몇몇 친구들이 야구 시합을 하고 있었다.

아들은 어눌한 말투로 물었다.

"아빠, 저 아이들이 나도 그들과 함께 야구를 하고 싶다고 말하면 받아 줄까요?"

타미의 아버지는 자기 아들이 운동에 소질이 없고 똑바로 달릴 수도 없어 어느 한 팀의 일원이 된다면 오히려 방해된다는 것을 너무나 잘 알고 있었다. 하지만 한편으로는 그들과 함께 야구 시합을 한다면 아들의 기억 속에 따뜻한 친구에 대한 생각 그리고 어딘가에 소속되었다는 느낌을 배울 좋은 기회라는 생각이 들었다.

타미 아버지는 경기장에 서 있는 소년 중 한 명에게 다가가 타미를 잠시만이라도 선수로 뛰게 해 줄 수 있는지를 넌지시 물어보았다. 그 소년은 다른 동료 친구들을 바라보면서 머뭇거렸다.

마침내 주장처럼 보이는 아이가 입을 열었다.

"지금 8회 초인데 우리가 무려 6점 차로 지고 있거든요. 하지만 타미가 타자로 나갈 수 있다면 아마 9회쯤 타석에 들어설 수 있을 거예요."

그 말을 들은 타미와 아버지는 뛸 듯이 기뻐하면서 활짝 웃었다.

타미는 자신의 팀 수비 때 야구 장갑을 끼고 센터 필드 중간 지점에서 우두커니 서 있었다. 드디어 공수가 교대되고 타미 팀이 공격할 순서가 되었고 몇몇 선수들이 안타를 치며 득점을 올려 3점 차까지 따라붙었다.

9회 말이 되었을 때 그의 팀은 또 다시 2점을 올렸고 투아웃 상황에서 역전 주자까지 누상에 나갔으며 주자들이 모두 베이스에 들어차 있었다. 그런데 공교롭게도 타미가 타석에 들어설 차례가 왔다.

과연 예정대로 타미를 이 중요한 순간에 내보내서 게임에서 이길 기회를 날려버릴 건가? 아니면 다른 친구가 대신 타석에 들어서게 할 것인가? 중대한 갈림길에서 놀랍게도 타미의 친구들은 그에게 타석에 설 기회를 주었다.

그러나 모든 선수는 알고 있었다. 타미가 천천히 던져 주는 공을 치는 것은 고사하고 배트 잡는 방법조차 제대로 모른다는 것을….

그러나 타미가 타석에 들어섰을 때 투수는 천천히 공을 던졌고 적어도 끝까지 집중하면 간신히 공을 맞힐 수 있는 수준이었다. 첫 번째 공이 왔을 때 타미는 서툴게 배트를 휘둘렀고 공은 포수의 미트 안으로 빨려 들어갔다.

타미의 팀 동료 중 한 명이 그에게 다가와 곁에서 방망이를 잡고 스윙할 때가 되면 알려 주겠다고 말했다. 투수는 몇 걸음 더 앞으로 나와 부드럽게 토스하듯이 타미를 향해 공을 던졌다.

공이 날아오자 타미와 그의 친구는 힘껏 배트를 휘둘렀지만, 방망이에 빗맞은 공은 투수 앞으로 떼굴떼굴 힘없이 굴러갔다. 투수가 공을 잡아 1루에 던지면 손쉽게 아웃시킬 수 있는 상황이었다. 그리고 타미가 아웃되면 경기는 상대 팀이 1점 차로 승리하면서 끝나버리게 될 것이다.

그런데 놀라운 일이 벌어졌다. 투수는 공을 잡자마자 곧바로 우측 펜스를 향해 높이 던져 버렸다. 1루수는 껑충 뛰어 보았지만, 잡을 수 없을 만큼 많이 빗나갔다.

타미 팀 선수들은 소리치기 시작했다.

"타미, 1루로 뛰어, 빨리 1루로!"

타미는 한 번도 1루를 향해 뛰어 본 적이 없었다. 그는 눈을 똥그랗게 뜨고 허둥대면서 1루를 향해 정신없이 뛰었다. 그런데 1루에 뛰어들어간 후 멋모르고 계속 2루를 향해 가는 것이 아닌가? 우익수가 재빠르게 공을 던지면 2루에서 태그 아웃시킬 수 있는 상황이었다. 하지만 우익수는 투수의 의도가 무엇인지를 금세 알아차렸고 공을 또다시 3루수 너머로 높게 던졌다.

"타미, 2루로 뛰어, 그리고 계속 3루까지도!"

타미가 3루로 뛸 무렵 누상에 있던 모든 주자들은 홈으로 들어왔고 스코어는 단숨에 역전되었다.

타미가 2루를 밟자 유격수를 보고 있던 상대 팀 친구도 어서 빨리 3루로 달리라고 소리쳤다. 3루에 도착했을 때 이번에는 양쪽 팀 선수들 모두가 라인선상으로 나와 한목소리로 외쳤다.

"타미, 홈을 향해서 달려! 홈을 향해서!"

그는 홈을 향해 정신없이 뛰었고 마침내 처음으로 홈플레이트를 발로 밟았다. '그라운드 그랜드 슬램'을 친 오늘의 히어로 타미에게 18명의 야구 선수 전원이 달려나가 한마음으로 그를 높이 들어 올려 여러 번 헹가래를 쳐 줬다.

환하게 웃으며 행복해하는 타미의 모습을 지켜보던 아버지의 눈시울은 어느새 붉어졌다.

"바로 그날…."

강단에 선 아버지의 눈에서는 또다시 눈물이 흘러내렸고 잠시 후 말을 이어 나갔다.

"그 18명의 어린 소년들이 천국의 완성을 그리고 하나님이 살아계심을 우리 아이 타미에게 보여 주었습니다."

기도

난 넘어지면 다시 일어나겠죠.
실수도 많이 저지를 테고요.
그러면서 둥글둥글 또 살아가겠죠.

열심히 노력하고 배우는 과정에서
남들에게서 상처도 여러 번 받을지 몰라요.
그래도 난 나의 삶을 포기하진 않아요.

완벽하지 않기에 때론 고민도 하고
걱정도 많이 하겠지만
떨어지는 빗소리와 낙엽을 보는 저녁,
흰 눈에 덮인 아침을 맞이하는
소소한 일상과 평범함이 오히려 재미있으니까요.

주어진 하루하루에 만족하고
감사할 줄 아는 믿음의 사람으로 살아갈게요.

남들에게는 조금 부족하고 모자란 듯 보이겠지만
내가 누리는 이 편안한 일상이
축복이고 행복이란 걸 누구보다
잘 알고 있기 때문입니다.

고맙습니다. 하나님.
사랑하는 사람들과 함께할 수 있는
귀한 시간과 생명을 제게 허락해주신걸….

야채 파는 할머니

차디찬 빗방울이 갑자기 후드득 떨어졌다. 저녁 퇴근길 무렵 비가 내린다는 예보가 없었기에 예상치 않은 가을비였지만 그저 옷이 약간 젖을 정도였다. 오늘 오후에 맞벌이 아내가 전화하더니 회사에서 처리할 일들 때문에 조금 늦을지 모르니까 반찬으로 쓸 채소를 사오라고 했었다.

때마침 육교를 지나는데 할머니 한 분이 다리 한편에서 쑥갓과 각종 산나물, 고사리 등을 팔고 계셨다. 저녁이 다 되어선지 그렇게 많은 양의 채소가 남은 것은 아니었다. 비도 간간이 오고 있어서 저 멀리 돌아 슈퍼에 갔다 오느니 곧장 집으로 가는 길에 할머니에게서 채소를 사는 게 더 낫겠다는 생각이 들었다.

차가운 비를 맞고 계신 할머니도 안쓰러워 보였고 날도 어두워지는

데 빨리 하나라도 더 팔고 들어가시도록 도와드리고 싶었다.

"할머니? 이 채소들 얼마에요? 제가 적당히 사려고요. 오늘 저녁 반찬거리가 필요해서요."

내가 관심을 보이며 묻자 할머니는 천천히 나를 바라보면서 대답하셨다.

"총각, 이 채소들은 팔지 않을 거유. 아침부터 조금씩 팔고 이제 얼마 남진 않았지만 이젠 팔면 안 돼. 미안하지만 다른 데 가서 사요."

뜻밖의 할머니 대답에 나는 약간 놀랐다.

'남은 채소를 팔지도 않으실 거면 왜 짐을 정리해서 들어가지 않고 비를 맞으면서까지 육교에 계시는 걸까? 그것도 아직 여러 번 팔 수 있는 채소가 바닥에 남아있는데….'

그렇게 혼잣말로 의아해하면서 머뭇거리고 있는데 할머니는 이내 말을 이어갔다.

"미안해요, 젊은이, 비도 오는데…. 다른 건 못 주지만 이 콩나물이라도 필요하면 조금 가져가요. 오늘 저녁에 국 끓여 먹는 데는 쓸 수 있을 거야. 비도 내리는데 그냥 가져가."

봉지에 싸 주시는 콩나물을 차마 뿌리치지 못하고 받아든 후 돈 이천 원을 건넸는데 할머니는 한사코 받지 않고 뿌리치셨다.

고맙다는 마음으로 가볍게 인사를 하고 집으로 향해 가려는데 웬 모자를 눌러쓴 남자 한 명이 할머니에게 다가왔다. 무슨 일인가 싶어 잠시 지켜봤는데 할머니는 남은 모든 채소들을 싸서 그 사람에게 건네주었다. 그뿐만 아니라 꼬깃꼬깃한 지폐 몇 장도 함께 건넸다. 아마 오늘 벌어들인 돈 전부인 것 같았다.

'아니, 왜 힘들게 번 돈을 저 사람에게 주는 거지? 혹시 말로만 듣던 자릿세를 받아가는 사람이 아닐까?'라고 수상히 여기면서 자세히 지켜봤는데 왠지 그 사람이 눈에 익었다. 자세히 보니 딸내미가 주말에 가끔 봉사활동을 하는 천사원에 있는 사무처 직원이었다.

그 직원이 육교를 내려올 때 나는 옆에서 넌지시 인사하면서 물었다.

"안녕하세요. 이 시간에 여긴 어쩐 일이세요? 채소 파는 할머니를 잘 아시나 봐요?"

그러자 그는 "아, 네…. 할머니가 우리 천사원 아이들을 위해서 이렇게 채소를 일주일에 두세 번 주신답니다. 이제는 본인 몸도 불편하실 나이인데 직접 가꾼 밭이나 산에서 각종 나물을 캐 오셔서 저희에게 가져다주시지요. 그뿐만 아니라 그날 채소를 판 돈까지 아이들을 위해 써 달라고 주신답니다. 한사코 뿌리쳐 보기도 하고 거절도 해 보았지만 그때마다 계속 찾아오셔서 막무가내로 건네주시고 가시니…. 그래서 천사원이 있는 먼 길까지 오시지 않게 하려고 제가 이렇게 저녁 시간에 맞춰서 나오는 거랍니다"라고 대답했다.

나는 더욱 궁금해져서 "할머니가 이렇게 기부하시는 데는 무슨 남다른 사연이라도 있으신가 봐요?"라고 물어보았다.

그러자 그에게서 뜻밖의 대답을 들을 수 있었다. “지금은 혼자 사시는데 아마도 예전에 미혼모셨나 봐요. 혼자 아이를 낳아서 기를 형편이 안 되자 그 갓난아기를 여기 천사원에 맡긴 후 멀리 입양을 시키셨대요. 나중에는 아기를 버렸다는 죄책감과 우울증까지 겹쳐서 자살까지 시도하셨다는군요.

하지만 이제는 그 못다 한 아이의 몫까지, 살아서 몸을 움직일 수 있는 한 어렵고 힘든 어린 아이들을 위해 봉사하시겠다고 마음먹으셨답니다. 참 고마운 일이지요. 물론 어린 시절 입양 보낸 자신의 아이에게 혹시 연락이 닿게 되면 알려달라는 말도 잊지 않으셨고요.

벌써 저렇게 천사원을 도와주신 지도 거의 20년이 다 되어 갑니다.”

그날 밤 나는 잠을 이룰 수가 없었다. 자신에게 닥친 불행에 굴복하지 않고 누군가에게 희망과 행복을 주기 위해 애쓰시는 할머니의 모습이 잊혀지지 않았기 때문이다.

다음번에 할머니를 육교에서 다시 만나게 된다면 반가운 목소리로 먼저 인사드리고 이것저것 나물을 사 드리면서 정겨운 말벗이라도 해 드려야겠다는 생각이 들었다.

야생초

아무도 보아 주지 않습니다.

야생초…

가는 이마다 스쳐 갑니다.

그래도 피고 피어

예쁘기만 합니다.

아무도 가꾸어 주지 않습니다.

야생초…

오는 이마다 모르는 체합니다.

그래도 자라고 자라

우아하기만 합니다.

아무도 칭찬해 주지 않습니다.

야생초…

지나는 이마다 짓밟아 주었습니다.

그래도 꺾이고 으깨져도

향기롭기만 합니다.

세상이 우릴 속인다 해도

우린 꿈과 희망을 잃지 않는

야생초입니다.

당신에게 주는 선물

대도시 대형 뷔페에서 발레 파킹(대리 주차) 일을 하는 박 씨는 말 그대로 주말 동안 아르바이트하는 주차 대행 요원이다. 하루에도 수백 대의 차가 비좁은 주차장 안으로 들어왔다 나가기를 반복하기 때문에 손님에게 열쇠를 받고 차를 차례차례 주차하고 빼 주기를 반복하고 나면 밤늦게까지 거의 제대로 쉴 틈이 없었고, 퇴근 무렵에는 온몸이 파김치가 되기 일쑤였다. 또한 일부 사람들은 고급 외제차를 타고 와 아랫사람 하대하듯 함부로 막 대하고 막말을 하는 경우가 많았다.

그러나 요즘 같은 불경기에 거의 마흔 초반을 넘어선 자신을 써 주는 곳은 거의 없었다. 평일에는 대리 기사 일을 하고 있지만, 불러 주는 손님이 간혹 가다 있을 뿐 그렇게 건수가 많지는 않았기에 주말에 근무하는 이곳 뷔페 음식점이 그나마 안정적인 일자리였다.

아내가 못 살겠다며 집을 나간 후 홀로 아들을 키우고 있는 박 씨는 일하는 시간 외에도 소아마비로 다리가 불편한 여섯 살짜리 아들을 돌봐야 했다. 삶에 대한 불평과 원망, 그리고 짜증으로 마음 한구석은 늘 무거웠다.

그래서 발레 파킹을 하다가 차 안에서 동전이나 사탕 같은 것들이 눈에 띄면 주머니 속으로 슬쩍했다. 몇백 원, 몇천 원 야금야금 잔돈을 모으다 보면 그날 수입은 쏠쏠했다. 비싼 중형 세단이나 외제차를 타고 다니는 사람들에게는 그딴 푼돈은 안중에도 없었기 때문이었다.

그러던 어느 날, 여느 때처럼 다정해 보이는 가족이 탄 손님의 중형차를 발레 파킹 시키고 내리려는 순간 앞좌석 위 칸의 봉투 하나가 눈에 띄었다. 누가 혹시나 보는지 주위를 살피고서 잽싸게 꺼내 보았는데 5만 원짜리 외식 상품권이었다. 조금은 구겨진 채로 넣어져 있는 것을 보니까 제법 오랫동안 그곳에 보관되어 있던 것 같았다.

박 씨의 가슴은 부풀어 올랐다. 그동안 아들에게 제대로 된 식사한 번 마음껏 사 주지 못해 아비 노릇을 제대로 못 한다고 자책했던 적이 많았던 까닭이었다. 평상시에도 자주 잔돈을 가져갔기 때문에 이 봉투를 가져가는 데는 전혀 양심에 거리낌이 없었다. 나중에 차 주인은 자신이 외식 상품권을 집 안 어딘가에 잘못 놔둬 잃어버린 것으로 여길 테고 이내 찾기를 포기하리라고 생각했다.

일주일 뒤 모처럼 손에 쥔 외식 상품권 덕에 아들과 단둘이 평일 저녁에 여유로운 식사를 즐겼다. 패밀리 레스토랑에서 주문한 음식을 보고 눈이 휘둥그레지면서 좋아하는 아들 녀석을 보니 박 씨도 덩달아 기뻤다.

훔친 외식 상품권으로 비용을 내야 한다는 생각에 약간 마음이 언짢아졌지만, 이내 털어버리면서 혼잣말로 중얼거렸다.

'나처럼 어려운 사람에게 주어진 선물이라고 생각하지 뭐…. 이런 고급 뷔페에 드나드는 그 사람은 상품권이 있었는지조차 잘 모르잖아. 일주일이 지났는데 음식점에는 아무런 분실 신고가 접수되지 않았고…. 그러면 괜찮은 건데 왜 괜히 혼자 걱정하고 난리야. 아들 녀석도 오늘따라 저렇게 좋아하는데….'

박 씨는 자신을 안심시키면서 식사를 마친 후 비좁은 집에 돌아와 아들을 껴안고 편히 잠자리에 들었다.

또다시 정신없이 두 달이 지나갔다. 무더웠던 여름이었는데 이제는 계절이 바뀌어 제법 오후에도 찬바람이 부는 쌀쌀한 가을이 되었고, 뷔페 음식점은 돌잔치와 각종 모임으로 정신없이 바빠졌다. 그럴 때마다 박 씨의 손에는 월급 이외에 비록 얼마 안 되는 잔돈이지만 부수적인 수입이 계속 들어왔다.

그러던 중 또다시 차 한 대를 주차하고 있는데 앞좌석 위에 예의 그 하얀 봉투가 있었다. 혹시 또 외식 상품권이나 문화상품권이 아닐까 하는 생각이 불현듯 스쳐 지나갔고 거의 무의식적으로 마치 제 것인 양 봉투를 낚아챘다. 아니나 다를까 무려 10만 원짜리 외식 상품권이었다. 또다시 횡재했다는 기분이 들어 기뻐하려는 순간, 그 밑에 무언가가 적힌 편지 한 장이 눈에 띄었다.

'주차 대행을 하는 아저씨께.
지난번 외식 상품권을 분실한 차 주인입니다. 그 상품권은 우리 집 아이가 몇 주 전 교회 학교에서 달란트 상으로 받아온 선물이었습니다. 애지중지하고 자랑스러워하면서 차 안에 놓아두고 아침 출근길에 한 번씩 꺼내 보면서 흐뭇해 했었는데 당신이 차 안을 뒤져 가져가 버렸더군요.
집에 돌아와 이상하게 여겨 차 안 블랙박스에 찍힌 희미한 영상을 보고 알았습니다. 도대체 어떤 사람이기에 차 안을 함부로 뒤지는 무례를 범할까 생각했지요.
그래서 전화상으로 회사 사장에게 당신에 대해 몇 가지 인적 사항을 물어본 후 경찰에 신고하려고 했습니다. 사장은 당신이 그저 성실한 사람이라고 하더군요. 장애를 가진 어린 아들이 있다는 말도 해 주었어요. 주차 대행 일만으로는 아들과 함께 생활하기 어려울 거라는 말까지 덧붙이면서요.
마지막 말을 듣지 않았으면 모르겠지만, 그 말을 듣게 되니 한 번 화를 참고서 당신의 입장에서 잠시 생각해 봤습니다. 당신이 왜 이런 행동을 했는가 하구요. 마음을 가라앉히기 위해 잠시 기도를 드렸는데 제게 하나님께서 깨달음을 주시더군요. 나보다 더 도움이 필요한 사람에게 그 외식 상품권을 선물로 준 셈 치라고…. 넌 안정적인 회사에 다니면서 그 상품권이 없어도 한 달에 여러 번 가족들과 행복하게 외식할 수 있지 않으냐고 말씀하시는 것 같더군요.

그래서 이번에 다시 이곳에 일부러 가족들과 함께 외식하러 와서 당신에게 더 큰 선물을 주려고 합니다. 당신이 차 안을 이리저리 뒤져 봤다면 10만 원짜리 외식 상품권을 찾았을 거예요. 부끄러워하지 마세요.

이건 저를 통해 하나님이 당신에게 드리도록 허락하신 선물이니까요. 이 상품권을 가지고 아들과 밖으로 나가 바깥세상 구경도 많이 시켜 주고 맛있는 음식도 사 주면서 아버지로서 삶에 대한 용기와 희망을 가지세요. 그리고 주차 대행 같은 허드렛일을 한다고 괴로워하거나 자책하지 말고 자부심과 긍지를 갖고 사시길 바랍니다.

또한 이번 일을 정말 마지막이라고 생각하시고 앞으론 아무리 작은 것이라 할지라도 남의 물건에 손대지 말고 정직하게 사셨으면 좋겠네요. 힘들고 어렵겠지만 성실히 일하고 꾸준히 노력한다면 분명 좋은 일이 있을 겁니다.

비록 당신의 얼굴을 자세히는 모르지만, 또 오늘 식당을 나와 차를 몰고 가는 순간에도 굳이 당신을 보진 않겠지만, 끝까지 장애를 가진 아들을 사랑하고 돌보는 착한 마음만은 변치 말아 주세요. 힘내세요!'

편지를 다 읽는 순간 박 씨의 얼굴은 홍당무처럼 빨개졌고 부끄러움과 함께 감동의 눈물이 주르륵 흘러내렸다. 그동안 세상을 원망만 하며 살았는데 자신의 잘못을 확실히 보고서도 눈감아 주고 이해해 주는 누군가가 있다는 사실에 난생처음 눈물이 날 만큼 고마웠다. 또한 용서받지 못할 잘못을 덮어 주고 더 큰 사랑을 선물하도록 했다는, 차 주인이 이야기하던 하나님은 과연 어떤 분일까 궁금해졌다.

돌아오는 일요일, 박 씨는 아들을 휠체어에 태우고 난생처음으로 집 앞에 있는 교회에 나가 목사님의 설교 말씀을 들었다. 누가복음에 나온 '돌아온 탕자'의 비유였는데 마치 자신을 두고 이야기하는 것 같아 펑펑 눈물이 쏟아졌다.

그날 하나님이 애타게 찾으셨던 아버지와 아들, 이 두 사람은 새사람으로 거듭나게 되었다. 한 크리스천의 용서와 작은 선행을 통해 천하보다 귀한 영혼이 하나님께로 돌아오는 구원의 아름다운 역사가 이루어졌던 것이다.

가끔은…

가끔 힘든 일에 속상해도

"나는 괜찮아." 라고

아무렇지 않은 표정을 지어 보일 때

내 깊은 속마음을 읽고

내 곁에 다가와

날 꼬옥 끌어안아 주면서

"괜찮지 않은 니 맘 다 알아.

그동안 많이 힘들었겠구나.

힘들면 나한테 기대지 그랬어.

힘내! 내가 도와줄게." 라고 진심을 헤아려 주는

누군가가 있었으면 좋겠다.

어느 목사님의 설교

주일 아침에 일어난 일이었다. 비록 적은 수의 교인들이 모이는 작은 지하 교회였지만, 여느 주일처럼 모두 즐거운 마음으로 예배 준비가 한창이었다. 피아노를 치면서 성가도 부르고 주보도 나눠 주고 기도도 드리면서 기쁜 마음으로 하나님을 경배할 준비를 하고 있었다. 11시 정각이 되자 묵도를 드리면서 경건하게 예배가 시작되었고 성가대가 특송을 화음에 맞춰 은혜롭게 불렀다.

특송이 끝난 후 목사님 말씀을 들을 설교 시간이 되었다. 강단에 오르신 목사님은 성경 구절을 찾아 교인들과 함께 봉독한 후 천천히 준비한 말씀을 증거하기 시작하셨다.

그런데 그때 갑자기 그 지역 전체 전기가 나갔고 지하 교회 전등도 꺼져 예배당이 칠흑 같은 암흑에 휩싸이게 되었다. 예기치 않은 정전에 일부 교인들은 당황하는 기색이 역력했다.

그러나 설교를 하고 계신 목사님은 전혀 흔들리는 기색 없이 잠시 후 강단에 놓여 있는 촛불에 조용히 불을 붙이셨다. 어두웠던 예배당이 서로의 얼굴을 알아볼 수 있을 정도로 환해졌고 조금은 진정되는 분위기였다. 그 순간 목사님은 무언가를 말씀하시고 싶으신 듯 촛불과 설교 뭉치를 들고 천천히 앞으로 걸어 나왔다.

그런데 뜻밖에도 촛불을 설교 원고에 갖다 댔고 마른 종이에 붙은 불은 눈 깜짝할 새 활활 타올랐다. 교인들은 뜻밖의 목사님 행동에 술렁거렸고 여기저기서 의아해 하는 소리가 흘러나왔다.

종이에 붙은 불이 거의 꺼져갈 무렵 목사님은 천천히 입을 여셨다.

"성도 여러분, 깜짝 놀라셨죠? 갑자기 전등도 나갔는데 주일날 아침 설교하기 위해 준비한 원고까지 태워 버렸으니…. 어떻게 주일 예배를 드리려고 하는 건가 의문이 들 겁니다. 하나님은 저에게 오늘 제가 준비한 설교보다는 다른 말씀을, 아니 제 간증을 전하라는 깨달음을 주신 것 같네요.

그래서 오늘은 그 이야기를 해볼까 합니다. 기억하시지요? 두 달 전 제게 있었던 끔찍한 사고를요. 지금도 많이 울고 있고 평생 마음이 아파서 고통스러운 그 일을…. 제 초등학교 3학년 아들 녀석이 하굣길에 달려오는 차에 치이는 교통사고를 당해 먼저 하나님 품으로 갔습니다.

장례식 날, 너무나 많은 분이 오셔서 저를 위로해 주셨는데도 제대로 한 분 한 분께 인사도 못 드렸었군요…. 그땐 정말 감사했습니다. 이제 그때 미처 말하지 못했던 이야기를 모두 하려고 합니다.

사고가 난 날, 제 아이의 부주의로 찻길을 뛰어가다가 돌진하는 차를 피하지 못해 일을 당했다고 했는데, 사건의 전모는 사실 이렇습니다. 그날 집으로 오는 길에 제 아들 녀석은 단짝 친구와 함께 길을 가고 있었지요.

그 친구는 내성적이고 말수가 적었지만 무척 착한 아이였다고 합니다. 하지만 옷차림이 남루하고 잘 씻지 않아 냄새가 나서인지 얼핏 아들에게 들은 기억에 의하면 반 친구들에게 은근히 따돌림을 받았다고 하네요. 그런 그 아이를 제 아들은 목사 아들답게 가까이하고 친해지려고 노력했고 그 아이 이야기를 집에서도 가끔 했습니다.

사고가 나던 날도 그 친구와 다정히 집으로 가고 있었는데 그 아이의 주머니에서 동전이 굴러 나왔습니다. 갑자기 바지가 터져 동전이 여기저기로 떨어졌나 봅니다. 창피해서 어쩔 줄 몰라 하는 아이를 위해 제 아들 녀석이 하교하는 다른 아이들이 보고서 놀리지 못하도록 재빨리 동전을 주워 주려다가 달려오는 차를 피하지 못해서 그만 변을 당한 거였습니다.

나중에 영안실에서 울먹이며 자초지종을 말해 주던 그 아이가 하도 밉고 분하기도 해서 큰소리로 너희 집에 가 보자고 했습니다. 씩씩거리며 그 아이의 집에 갔는데 그 아이는 다 쓰러져가는 단칸방에서 연로하신 할머니와 단둘이 살고 있었습니다. 보상 이야기는 고사하고 제대로 하소연도 하지 못한 채 장례식장으로 돌아와 버렸습니다.

부모가 몇 년 전 이혼한 결손 가정으로 엄마는 오래 전 집을 나갔고 아빠는 술에 취해 알코올 중독으로 행방불명되었다고 하네요. 기가 막히고 하늘이 깜깜하더라고요. 아들을 잃은 슬픔에 전 거의 이성을 잃고 실성할 뻔했습니다.

그런데 그 아이는 그 어린 나이에도 거의 밤잠을 자지 않고 굵은 눈물을 뚝뚝 떨어뜨리면서 제 아들 곁을 지켜 줬습니다. 먹을 것을 하나도 먹지 않고서 제 아들 녀석 사진을 멍하니 바라보면서 빈소를 지켜 주었지요. 아마 외톨이로 지냈던 자신을 이해해 주고 도와줬던 제 아들이 자꾸 생각이 나고 고마워서겠지요.

처음에는 그 아이가 무척 야속하고 미웠었는데 화장을 시키며 눈물로 아들을 마지막으로 보내는 순간, 하나님의 음성이 제 마음에 가만히 들려오더군요.

'저 아이는 이제 네 아들이다.'라고요.

여러분 앞에서 그동안 제 속에 있던 이야기들을 모두 털어놓으니까 속이 후련하네요. 하나님은 이 사실을 여러분에게 오늘 해주기를 원하셨나 봅니다. 이제 그 아이의 마지막 돌보미였던 할머니마저 건강이 급격하게 안 좋아지셔서 병원에서 오늘내일 하십니다. 그래서 할머니의 마지막 가는 길을 끝까지 지켜보게 한 후 제가 그 아이를 저희 집으로 데려와 제 아들로 삼을까 합니다. 아내와는 이미 충분히 상의했고요. 그렇지 않으면 그 아이는 고아원으로 가야 할 처지랍니다.

하나님은 제 아들을 먼저 불러 천국에서 쉬게 하셨고 나중에 저희 가족과 재회할 기쁨을 남겨 놓으셨습니다. 그리고 이제 이 세상에서 남은 평생 우리 가족의 돌봄과 사랑이 필요한 새 아들을 선물로 주신 것입니다.

이 놀라운 역사가 어찌 하나님께 감사한 일이 아니고 또한 그분의 크신 계획이 아니고 무엇이겠습니까? 부디 그 아이를 만나게 되면 앞으로 제 자식처럼 똑같이 사랑해 주십시오."

말씀을 마치신 목사님의 두 뺨에는 눈물이 흘러내렸고 말씀을 듣는 교인들도 하나같이 숙연한 마음으로 고개를 숙이면서 눈시울이 붉어졌다.

정전으로 인해 전혀 준비되지 않았던 설교였지만 목사님의 간증은 하나님이 받으셨던 그 어느 때보다 은혜롭고 충만한 예배였으며, 평생 다시 듣지 못할 감동과 울림이 있었던 신실하신 하나님의 메시지였다.

그릇

겸손의 그릇을 준비하세요.
세상에는 나밖에 없으며
나 아니면 안 된다는
콧대 높은 자존심과 욕심을 버리고
주님의 마음을 품으세요.
남을 나보다 낫게 여기고
자신을 낮추면
때가 되면 높여 주시는
하나님의 손길을 보게 될 겁니다.

나눔의 그릇을 준비하세요.
남에게 베풀수록 점점 줄어들어
아무것도 없을 것 같은데
이상하게 늘어만 가는 광주리를 보며
오병이어의 기적을 경험할 겁니다.
하나님이 주시는 축복의 잔은
그 깊이를 가늠할 수 없을 만큼
크고 넓으니까요.

섬김의 그릇을 준비하세요.

누군가와 눈빛을 맞추고

그들의 말을 끝까지 들어준 후

한 번 살며시 손을 잡아 줘 보세요.

그들에게 드리워진

어두움의 그늘이 물러가고

생명의 빛으로 차츰 변해 갈 것입니다.

또한 당신을 통해 이루어지는

천국은 이 세상을 온통 아름답고

환하게 물들여 갈 것입니다.

두 친구 이야기

90년대 초, 산업화의 영향으로 곳곳마다 현대식 아파트가 대규모로 들어서면서 연탄보일러가 하나둘 자취를 감추고 그 자리를 난방용 가스보일러가 대신하기 시작한 때의 일이다. 국가적으로 연탄 수요도 급감하면서 사람들로 붐볐던 여러 광산들이 점차 폐광되는 추세였고 그곳에서 일했던 많은 사람도 하나둘씩 떠나가고 있었다. 하지만 아직 옛 향수를 잊지 못해 탄광촌을 떠나지 못한 몇몇 가구들은 여전히 강원도 태백의 산골 마을에서 살고 있었다.

불과 십 년 전만 해도 부를 거머쥐기 위해 많은 사람이 우후죽순처럼 모여들었고 동네 개들도 입에 만 원짜리를 물고 다닌다는 우스갯소리가 나돌 정도로 호황이었던 탄광 시절도 있었지만, 지금은 그 모든 것이 마치 일장춘몽(一場春夢) 인양 황량하고 을씨년스럽기 짝이 없었다.

이 가난한 탄광촌 시골 마을….

단지 수십 가구들이 오순도순 모여 사는 그곳에 둘도 없는 단짝 영철이와 철수가 살고 있었다. 여름에는 강가에서 물고기를 잡고 산에서 머루와 산딸기를 따 먹기도 하였고 가을에는 코스모스에 앉은 잠자리를 뒤쫓을 만큼 유년 시절부터 둘은 각별한 우정을 과시했다. 더군다나 이름까지 한 자씩 같았기 때문에 더 빨리 친해지는 계기가 되어서 어디를 가든 둘은 한시도 떨어지지 않고 함께 붙어 다녔다.

두 친구는 점차 건장한 청년으로 성장했지만 마을을 벗어난 적이 없었다. 따라서 마땅히 다른 일거리들은 찾지 못해 아버지 때부터 해오던 탄광 일을 물려받았다. 그러나 하루 3교대, 8시간 근무를 해야만 했던 탄광 갱도 내 막장일은 젊은 그들에게도 무척 어렵고 힘든 노동이었다. 그렇지만 서로의 곁에 가장 친한 친구가 있다는 사실만으로도 고단한 순간을 웃으면서 견딜 수 있게 해 줬다.

그러던 어느 날 아침이었다. 다른 날들과 마찬가지로 석탄을 채굴하기 위해 장비를 챙겨 갱도 안으로 들어가려고 좁은 입구에 잠시 서서 하늘을 쳐다보았다. 늦더위가 막 물러가고 유난히 청명한 가을 하늘이 두 사람 눈에 동시에 가득 들어왔고 서로를 바라보면서 씽긋 웃었다.

그러나 그것이 불길한 전조의 시작이 되리라고는 둘은 전혀 알아차리지 못했다. 영철이와 철수는 2인 1조가 되어 한없이 깊은 갱도 안을 미끄러지듯 서서히 들어갔다. 무더운 여름은 한풀 꺾였지만 그 열기는 아직 남아 있어서 한낮에는 조금 후덥지근하게 느껴질 정도였다.

열심히 땀 흘리면서 일하고 있던 그 순간 갑자기 한쪽 갱도가 와르륵 무너져 내렸다. 지반이 상당히 약해져서 이따금 흙더미가 흘러내린 적이 있었기 때문에 이번에도 그저 별일 아니겠지 생각하면서 무너진 현장으로 다가가 보니 이번 경우는 완전히 달랐다. 연달아서 쾅하는 소리와 함께 갱도는 앞이 안 보일 정도로 시커먼 연기로 뒤덮였고 타고 왔던 선로 열차 위에는 검은 흙더미가 가득 쌓였다. 잠시 후 무언가 터지는 듯한 가스 폭발에 직감적으로 비상사태라는 것을 알 수 있었다.

갱도 40m 깊은 곳에서 오도 가도 못하는 신세가 되어버린 그들 둘의 얼굴에는 순식간에 죽음의 공포가 엄습해 왔다. 얼마 전에도 주변 탄광 지역에서 매몰 사고로 광부가 숨지는 안타까운 사고를 접했던 터라 더욱 긴장되었다. 그러나 지금쯤 위에서도 탄광이 무너져 내린 것을 알고서 여러 가지 긴급 조치를 취하기 위해 사력을 다할 거라고 서로 위로의 말을 주고받았지만 초조한 기색을 완전히 감출 수가 없었다.

그렇게 희미한 플래시 불빛에만 의지한 채 낮과 밤이 어떻게 바뀌고 며칠이 지나갔는지도 모를 정도로 시간이 흘렀다. 조금씩 아껴서 마셨던 물마저 이제 서서히 바닥을 드러내고 먹을 음식도 없었기 때문에 둘은 탈진한 상태로 점점 지쳐가고 있었다. 그나마 친구지간이었기에 서로를 꽉 붙잡고 정신력으로 버틸 만큼 계속 버티는 중이었다.

그들이 갇힌 것을 알고 분주하게 구조하려는 손길이 들려오는 것 같았지만 아직은 너무 멀리서 들려올 뿐이었다. 더군다나 매캐한 석탄가스 냄새와 공기 부족으로 두 친구의 의식은 갈수록 혼미해져 갔다. 이대로 하루 이틀 시간을 더 끌다가는 둘 다 죽을 수밖에 없는 운명인 듯했다.

숨을 가쁘게 몰아쉬는 영철이는 자신의 절친한 친구인 철수에 대한 걱정이 먼저 스치고 지나갔다. 철수는 지병을 앓고 계신 홀어머니를 모시고 사는 가장이었고 얼마 전 장가까지 들어 새색시가 임신까지 한 상태였다. 영철이는 그런 철수가 자신보다는 먼저 살아서 이곳을 나가야 한다고 생각했고 그 순간 눈물이 핑 돌았다.

반면에 자신은 어찌 보면 아직 총각이고 매인 식구가 없어서 딱히 아쉬울 것은 없었다. 부모님은 고등학교 시절 두 분 다 돌아가셨고 위로 형이 한 명 있을 뿐 어떻게 보면 냉정하게 생과 사의 측면에서 볼 때 철수의 귀중한 목숨과는 사뭇 다른 입장이었다. 구조의 손길이 미치기 전에 산소가 부족해서 죽어간다면 내가 저 친구를 위해서 죽어줄 수도 있어야 하지 않겠느냐는 생각까지 들기 시작했다.

하지만 철수는 조금 다른 입장을 가진 듯 보였다. 어제까지만 해도 같이 견뎌내면서 이곳을 나가자고 말했던 녀석이었는데 지금은 조금씩 낯빛이 변하면서 자신만큼은 꼭 살아서 나가야겠다는 의지를 보였다. 영철이에게 "고아 같은 녀석 주제에!"라고 가시 돋친 말을 하질 않나, "저놈하고 오지 않았으면 이렇게까지 되지 않았을 텐데 재수가 없다"는 둥 친구인 영철이의 심경을 건드리는 말을 혼잣말로 궁시렁거렸다.

잠시 후 더 이상 방법이 없었는지 작업 일지를 가져온 철수는 뜻밖의 제안을 영철이에게 했다. 숨조차 제대로 쉬기 어려운 지금 냉정하게 보면 구조대가 오기도 전에 둘 다 공기가 부족해서 질식사할 수 있으니 미리 한 명이라도 살아남게 결정해 놓자는 것이었다. 나름대로 일리가 있는 말이었지만 어떻게 친구끼리 그럴 수 있느냐고 영철이는 머뭇거렸다.

그러나 철수는 일말의 망설임이 없었다. 지난 시절 동고동락했던 순진하고 착한 철수의 모습은 더 이상 찾아볼 수 없었다. 가져온 작업 일지를 쭉 찢더니 거기다가 펜으로 두 가지 표시 ○와 ×를 표시했다.

그러고는 ○표를 집어 든 사람은 살아남고 ×표를 가진 사람은 나머지 한 명을 위해 죽는 것이 어떻겠느냐는, 감히 친구끼리는 상상할 수조차 없는 발칙한 제안과 독설을 거침없이 퍼부어댔다. 마치 자기만 살아남기 위해 발악을 하는 사람 같았다. 철수는 영철이의 당황한 모습에도 전혀 아랑곳하지 않고 두 장의 종이를 접어서 섞더니 한 장을 먼저 뽑으라고 영철이에게 반 협박조로 말했다.

영철이는 도대체 지난날 자신이 알던 친구가 맞는지 기가 차서 매섭게 노려보고 있었는데 철수는 휙 하고 종이 한 장을 영철의 발밑에 던졌다. 그러고 나서 자신만만하게 자신의 종이를 펼쳐 들었다. 그 순간까지 정말 신이 계신다면 딸린 식구가 많은 자신의 편이 되어 줄 거라고 떠벌렸다. 철수는 자신에게는 ○표의 종이가 들려 있을 거라며 보란 듯이 종이쪽지를 펼쳐 보였다.

그런데 이게 웬일인가?

철수의 손에 들린 종이의 결과는 뜻밖에도 ×표.

신은 친구를 버리고 자신만 살려고 발버둥 치는 욕심 많은 철수를 철저하게 외면하신 것 같았다. 잠시 동안 멈춰 서서 할 말을 잃고 얼굴이 노래진 철수는 얼마 안 있어서 눈물이 글썽글썽 해지더니 가장 슬픈 표정으로 친구 영철이에게 이 위험한 게임과 자신만을 생각하는 이기적인 행동으로 상처를 줘서 정말 미안했다는 말을 했다. 또한, 자신의 홀어머니와 아내를 친구인 영철이에게 부탁한다는 말도 잊지 않았다.

움직일 기력도 없거니와 혼자서 이런 생쇼를 하는 철수의 모습이 너무 얄밉고 괘씸해서 똑바로 바라보지도 않았고 들은 척도 하지 않았다. 또한, 잠시 머리가 돌아버린 저 녀석의 혼자만의 고약한 장난이겠거니 하면서 철퍼덕 돌아앉아 버렸다. 하지만 둘도 없는 절친한 친구이면서 소꿉친구에게 배신을 당했다는 생각이 들자 갑자기 치밀어 오르는 분노는 쉽게 가라앉지 않았다.

바로 그 순간 철수는 무너져 내린 탄광 한쪽 구석으로 가더니 거기에 놓여 있던 큰 돌멩이를 집어 들었고 사정없이 자신의 머리를 그대로 내려쳤다.

"억"하는 비명 소리에 놀라 뒤돌아봤지만, 너무 순식간에 벌어진 일이라 영철이는 어떻게 손 쓸 틈이 없었다. 그깟 ○표, ×표 종이쪽지는 단지 장난일 뿐이라고 생각했고 그것 때문에 설마 진짜 죽으리라고는 상상도 하지 않았던 것이다.

영철이는 맥없이 쓰러지는 친구를 그냥 보고 있을 수 없어서 있는 힘을 다해 다가갔다. 하지만 이미 머리에서는 출혈이 심한 상태였고 철수는 끝내 의식까지 잃었다. 아니 도대체 왜 이런 무모한 일을 저질러야만 했는지 눈앞에 펼쳐진 상황에 영철이는 정신이 하나도 없었다.

한편으로는 곰곰이 생각할수록 철수가 미워져서 오히려 자업자득이고 쌤통이라는 생각까지 들었다. 그렇게 피 흘리면서 죽어가는 철수 옆에서 있던 영철이 역시 몇 시간이 지나자 산소가 부족한 탓인지 정신을 조금씩 잃어가고 있었다. 만약 둘이 계속 숨을 쉬고 있었더라면 막힌 갱도 내의 산소는 더 빨리 소모되었을 것이다. 그렇게 안타깝게 점점 시간이 흘러갔고 이제는 살아남은 영철이마저 숨쉬기가 곤란해져서 목숨이 경각에 달려 있었다.

그 후 그렇게 얼마나 더 까마득한 시간이 지나갔을까?

마침내 외부에서 구조대가 애타게 부르는 소리가 들렸다. 아래에 누군가 살아있으면 대답하라는 것이었다. 영철이는 마지막으로 있는 힘을 다해 "여기요, 여기에 사람이 있어요. 살려주세요."라고 외쳤다.

잠시 후 신선한 공기가 들어오는 숨구멍이 먼저 트였고 몇 시간이 더 지나자 영철이는 사람들에 의해 마침내 구조될 수 있었다. 물론 싸늘한 시신이 된 철수도 함께 건져 올려졌다. 바깥에 있던 사람들은 머리에 피가 흥건한 채 죽어 있는 철수의 모습에 모두 의아해 했다.

그때 영철이는 잠시 물을 마시고 숨을 돌린 후 그간의 전후 사정을 하나도 빠짐없이 이야기했다. 철수가 제안했던 ○와 ×표의 이야기까지도…. 자신은 ○표를 뽑았고 저 또라이 철수 녀석은 ×표를 뽑았는데 설마 그것 때문에 죽기까지 할까 라고 생각하던 순간에 철수 저놈이 갑자기 돌을 들어 자신의 머리를 내리쳤다고, 배신감에 격앙된 어조로 침을 튀어 가면서 이야기했다.

그리고 자신의 손에 들린 한 장의 종이를 모든 사람에게 자세히 보라면서 높이 치켜들었다. 그러고는 여기에 그려진 ○표의 종이쪽지가 자신을 살려냈다고 힘주어 말했다. 친구를 배신한 나쁜 놈은 사필귀정 ×표로 심판을 받은 것이고, 그 상황을 안타깝게 말없이 지켜만 봤던 자신에게는 ○표의 쪽지가 들리게 된 거라고 다시 한 번 강조했다.

그리고 자신의 종이를 활짝 펼쳐 보였다.

그런데 그 순간 전혀 믿기지 않은 일이 벌어졌다. 자신의 목숨을 살려 주었다고 자신만만하게 말했던 그 종이쪽지에는 영철이의 기대와는 달리 ○표가 없었다.

거기에는 뜻밖에도 ×표가 그려져 있었다. 영철이는 눈을 비비면서 다시 쳐다봤지만, 그의 손에 들린 것은 분명 ×표였다. 그럴 리가 없다고 생각하면서 고개를 절레절레 흔들고 있는데 그 밑에는 철수가 흐릿하게 쓴 작은 글씨가 보였다.

거기에는 자신의 홀어머니와 색시를 부탁한다는 그의 마지막 유언이 적혀 있었다.

"아니야, 이건 뭔가 잘못된 거야."라고 말하면서 철수의 손에 쥐고 있던 종이도 가서 펼쳐 보았는데 그의 손에 들린 것 역시 ×표였다.

영철이의 손에 들린 것도 ×표,

죽은 철수의 손에 들린 것도 ×표….

처음부터 ○표는 아예 존재하지 않았던 것이었다.

친구를 목숨보다 사랑했던 철수가 마지막 선택의 순간에 영철이를 살리려고 일부러 과장하면서 꾸민 연극이었던 것이다. 절체절명의 순간에 둘 중 한 명만 살아야 한다면 자신보다는 분신과도 같은 영철이가 살아야 한다고 자주 말하던 철수의 모습이 불현듯 떠올랐다.

하늘이 갑자기 어두워지더니 비가 부슬부슬 내리기 시작했다. 그리고 싸늘하게 식어 버린 철수의 몸도 비로 천천히 젖어갔다. 죽어가면서도 왠지 평온해 보였던 탄광 내에서의 철수의 얼굴이 영화의 한 장면처럼 오버랩 됐다. 이 모든 것이 영철이를 살리기 위한 철수가 생각해

낸 잘 짜인 각본이었다니….

영철이는 그렇게 속 깊은 친구인 철수의 시신을 안고서 한참 동안 목 놓아 울었다. 주위 사람들도 고개를 떨어뜨리고서 한동안 말을 잇지 못했다. 자신보다 더 자신을 사랑해서 기꺼이 목숨까지도 내어 줄 줄 알았던 철수….

그런 친구를 전후 사정을 살피지 않은 채 겉모습만 보고서 오해하고 심지어 치밀어 오르던 분노를 마구 퍼부어 댔던 자신이 너무나 밉고 부끄러워서 영철이는 그렇게 하늘나라로 가버린, 자신의 둘도 없는 친구인 철수의 이름을 목이 터져라 부르면서 닭똥 같은 뜨거운 눈물을 계속해서 쏟아내고 있었다.

친구란….

친구란,
도르래를 통해 길어 올린 맑고 투명한 우물물처럼
영혼에 깊은 울림을 준다.

친구란,
잃어버린 퍼즐 조각을 찾아 헤맬 때
가장 먼저 다가와 도움을 주는 존재다.

친구란,
일 때문에 속상하고 지쳐있을 때
그저 떠올리기만 해도
행복한 쉼터와 같은 잔잔한 그늘이 된다.

친구란,
또 다른 내가 되어 앞길을 밝혀 주는 환한 등불이며
내일로 가는 길목에서
기꺼이 동행해 주는 고마운 동반자다.

성경은 우리에게 아름다운 친구 관계에 대해 분명히 말하고 있습니다.
“사람이 친구를 위하여 목숨을 버리면 이에 더 큰 사랑은 없나니….” (요 15:13)

저축 돈

교편을 잡고서 아이들을 가르친 지가 벌써 이십여 년이 훌쩍 넘어 내 나이도 어느새 오십을 바라보고 있다. 그러나 오랜 교직 생활 중에서도 내겐 마치 어제 일어난 일처럼 아직도 잊히지 않는 일이 있다. 이제는 십 년이 지났는데도 말이다. 내가 어느 공립중학교 교사로 근무하고 있었을 때 벌어진 이야기다.

유난히 호기심이 강하고 제멋대로의 사춘기가 찾아온다는 남녀공학 중학교 2학년 담임을 맡고 있었다. 그때는 저축을 통해 경제를 살리자는 목표하에 한 푼 두 푼을 아껴 은행에 넣어 두던 시대여서 매달 정해진 날에 아이들은 자신이 저축하고 싶은 만큼의 돈을 가져와서 반에서 저축을 담당하고 있는 부장에게 냈고, 점심시간에 은행 직원이 나와 반별로 모인 돈을 가져가곤 했다.

사건이 벌어진 것은 저축하는 그 날이었다. 시기는 4월 초로 기억하고 있는데 이 시기는 반 아이들끼리 서로서로 얼굴을 익히면서 조금씩 친해지는 때다.

2교시 수업이 끝난 후 한 아이가 갑자기 얼굴이 노래지더니 자리에 주저앉아 울음을 터뜨렸다. 교무실로 달려온 회장이 급히 나를 불렀다. 자리에 앉아 업무를 보고 있던 나는 누가 다쳤나 싶어 서둘러 교실로 달려갔다.

울고 있는 아이에게 어찌 된 영문인지 물어보았다. 그러자 그 아이가 울먹이는 목소리로 대답하길, 이번 달 저축하기 위해 집에서 받은 돈을 오늘 아침 사물함에 넣어 두었는데 감쪽같이 사라져 버렸다는 것이었다. 무려 5만 원이라는 큰돈을 지갑에 넣어 놓고서 사물함 열쇠를 잠그지 않았는데 그 짧은 시간 사이에 돈만 없어졌다고 말했다. 정황상 아마도 저금을 하는 날을 노린 누군가의 소행이었음이 틀림없었다.

나는 그 즉시 교실 앞뒤 문을 잠그고 돈을 잃어버린 아이에게 오늘 저축을 위해서 정말로 돈을 가져온 것이 맞느냐고 재차 물었다. 그랬더니 아침에 어머니한테 돈을 받아서 지갑에 넣어 가져왔고, 친한 친구 몇몇은 돈을 넣은 지갑을 사물함에 넣어놓는 것을 보았다고까지 말했다.

그 여학생은 조용하고 착한 심성을 가진 아이였기 때문에 일부러 거짓말을 하는 것으로 보이지는 않았다. 그러나 이 사건을 해결할 책임이 있는 담임으로서 심각한 표정을 지으면서 반 아이들에게 아침 2교시 전에 우리 반에 다른 반 아이가 들어온 적이 있었느냐고 물어보았다.

잠시 웅성거리더니 1교시는 체육 시간이라 마지막으로 교실에서 나온 주번이 문을 확실히 잠갔다고 말했고 그 후 쉬는 시간에는 다른 반 아이는 아무도 들어온 적이 없었다고 이구동성으로 말했다. 아직은 누구의 범행인지 짐작이 가진 않았지만, 손버릇이 나쁜 반 아이들 중 한 명이 친구 돈을 훔쳤을 것이라는 생각이 들었다.

잠시 곰곰이 생각하다가 돈을 찾기 위한 아이디어가 떠올랐다. 아이들에게는 움직이지 말라고 큰소리를 친 후 교무실도 달려가 목장갑과 두꺼운 스카치테이프, 흰색 종이, 검정색 스탬프를 꺼내서 교실로 가져왔다.

긴장한 반 아이들은 여전히 어쩔 줄 몰라 하면서 자리에 조용히 앉아 있었다. 나는 목장갑을 끼고 저축한 돈을 가져온 아이에게 지갑을 교탁 앞으로 가져오라고 말했다. 핑크색으로 된 접는 지갑이었다. 지갑 속에는 학생증만 그대로 있고 돈을 넣는 자리만 텅 비어 있었다. 나는 두꺼운 스카치테이프를 지갑에 붙였다고 떼어내는 시늉을 여러 번 했다.

"찌이익" 소리와 함께 테이프가 떨어졌고 반에는 조용한 정적만이 흘러 유난히 그 소리가 더 크게 들렸다. 나는 곧바로 반 아이들에게 하얀색 종이를 나눠 주면서 한 명도 빠짐없이 오른손 엄지손가락에 스탬프잉크를 묻혀 찍도록 시켰다. 몇몇 아이들에게서 당황하는 모습과 꺼리는 표정이 역력히 드러났다.

일부 아이들이 머뭇거렸지만 아이들 전체의 지문을 찍는 것을 마친 후 나는 아이들에게 다소 실망한 듯한 목소리로 말했다.

"우리 반에서 이런 엄청난 도난 사건이 생길 줄을 선생님은 한 번도 생각해 본 적이 없었다. 아마 누군가의 호기심으로 인해 생긴 잘못된 실수가 아닐까 생각한다. 하지만 오늘 벌어진 일에 대해 선생님은 정말 많이 실망했어. 그래서 선생님은 이 문제를 해결하기 위해 어쩔 수 없이 지갑에 스카치테이프를 붙여 여러 개의 지문을 채취하는 방법을 취할 수밖에 없었다.

누군가가 지갑에 손을 댔다면 이 지갑 주인 외에 또 다른 지문들이 발견될 수도 있겠지? 방금 너희들이 찍은 오른손 엄지손가락과 하나하나씩 대조해 볼 거야.

만약 오늘 집에 가기 전까지 돈을 가져간 사람이 자신의 잘못을 이실직고(以實直告)하지 않는다면 이 지갑에서 채취한 지문과 일치하는 사람을 용의자로 알고 부모님께 알리고 경찰에도 신고할 거야. 알아서들 해."

그렇게 단호한 목소리로 말하고 나서 스카치테이프에 선명하게 찍힌 지문을 높이 치켜 올려 보여 주었다. 훼손되지 않도록 양면을 잘 붙여 둔 상태였다. 물론 그 지문은 교무실에서 아이들 몰래 내 손가락으로 꾸욱 눌러 일부러 잘 보이도록 만든 지문이었다. 아무리 지갑에 스카치테이프를 붙인다 한들 그렇게까지 선명한 지문을 얻는다는 것은 불가능했다. 또한, 내가 수사 요원도 아니기 때문에 지문을 일일이 비교 분석한다는 것 자체도 말도 안 되는 난센스였다.

사실 어린아이들이었기 때문에 통할 수 있었던 거지 머리가 조금만 커 버리면 금방 눈치챌 수 있었을지도 모른다. 그래도 나는 마치 사실인 것처럼 그럴듯하게 연기했다. 범죄드라마를 본 기억이 있었는지 몇몇 아이들은 긴장한 상태로 선명하게 찍힌 지문을 형광등 불빛에 비쳐 여기저기 뚫어져라 쳐다보면서 자신의 오른쪽 엄지손가락까지 들여다보았다.

어느덧 내가 반에 들어온 지 30분이 흘렀고 그렇게 세게 엄포를 놓은 후 돈을 분실한 아이의 지갑, 지문이 있는 스카치테이프, 아이들 지문이 찍혀진 하얀 종이를 들고 교무실로 돌아왔다. 그냥 막연히 문제가 잘 해결되기를 바라면서….

하지만 반 아이들에 대한 배신감과 걱정 때문인지 왠지 마음 한구석이 휑하니 비어 버린 듯한 허전한 느낌은 떨쳐버릴 수가 없었다.

그렇게 시간은 자꾸 흘러갔다. 3교시, 4교시, 점심시간도 거의 마칠 무렵이었다. 5교시 다른 반 수업을 위해 일어서려는데 우리 반 한 여학생이 부끄러운 얼굴로 교무실로 들어왔다. 공부를 곧잘 하는 모범적인 아이였고 반에서 학습 부장이었기 때문에 다른 과목 선생님의 과제물 심부름이나 분필을 가지러 들어왔거니 생각하면서 그저 얼굴만 돌려 인사를 받고 지나가려고 했다.

그런데 갑자기 그 아이가 나를 불렀다.

"선… 생… 님…. 저기, 드릴 말씀이 있어서요."

나는 돌아서서 "왜? 무슨 일이 있니?"라고 물었다. 조금 전에 있었던 사건과 이 아이와 어떤 관계가 있으리라고는 전혀 생각하지도 않은 채…

그런데 그 아이가 잠깐만 사람들이 없는 다른 장소인 상담실로 가자고 나의 손을 잡아끌더니 아무도 없는 걸 확인한 후에 기어들어가는 목소리로 뜻밖의 사실을 털어놓으면서 울먹였다.

"선생님, 사실은 제가 그 아이의 돈을 훔쳤어요. 아침에 그 친구가 돈을 사물함에 넣는 모습을 보는 순간 저도 모르게 그 돈을 갖고 싶었어요. 선생님은 아직 잘 모르시겠지만 저희 집은 제가 원하는 것을 다 사줄 수 있을 만큼 여유롭지 못해요. 다른 아이들은 모두 MP3를 가지고 노래도 듣고 영어도 듣는데 저만 없어서 순간적으로 그 돈을 보자 욕심이 생겼어요. 제가 순간적인 충동을 참지 못했네요.

사실, 돈을 만지작거리다가 다시 제자리에 넣어 두려고 했는데 이미 그 아이가 돈이 없어진 것을 안 후였어요. 죄송해요. 선생님. 선생님과 반 아이들을 실망하게 해 드리고…. 정말 제가 큰 잘못을 저지른 것 같네요….

어떤 처벌도 달게 받을게요. 정말 죄송합니다."

자신이 훔친 돈을 탁자 위에 올려놓고 고개를 숙이며 닭똥 같은 눈물을 뚝뚝 흘리며 말꼬리를 흐렸다. 그렇게 울먹이는 모습을 보자 화가 머리끝까지 치밀어 올랐던 아침의 모습은 사라지고 갑자기 그 아이가 측은해 보이기 시작했다.

곰곰이 생각해 보니까 평상시 그 아이의 옷차림에선 교복도 제대로 다림질을 하지 못해 구겨진 경우가 많았고 피부도 영양 크림을 바르지 못해선지 다른 또래에 비해 푸석푸석하고 건조했다. 하지만 어떤 구김살도 없이 친구들과 스스럼없이 어울리며 밝게 웃는 경우가 많아서 학급에서 어떤 문제를 일으키리라고는 상상조차 하지 못했다.

나는 순간적으로 마음이 흔들렸지만 그래도 나무라는 표정을 지으면서 꾸짖듯이 말했다.

"그래도 그렇지…. 친구 돈을 건드리는 건 옳은 행동이 아니야. 만약 모든 사람들이 자기가 가진 욕구대로 하고 싶은 대로만 행동한다면 세상이 어떻게 되겠니?

공부도 잘하고 평소에 수업 태도도 똑바르고 말도 잘 듣던 네가 선생님을 실망하게 하는 이런 행동을 어떻게 할 수가 있니? 정신이 제대로 박힌 거야? 돈 잃어버린 아이가 걱정하고 고통스러워하는 것은 전혀 생각해 보지 않은 거니?"

내가 그렇게 자꾸만 쏘아붙이자 그 아이는 더욱더 서럽게 울기 시작했다. 그렇게 한참이 지난 후 나는 그 아이에게 말했다.

"사실, 이 일은 너의 부모님이 아셔야 할 만큼 중대한 사안이야. 그만큼 네가 엄청난 잘못을 저지른 거야, 지금…. 하지만 너의 평상시 행동을 고려해서 이번 한 번만은 눈감고 지켜보도록 하마.

그러나 선생님이 널 용서한 건 아냐. 또다시 이런 일이 발생하면 이번 잘못까지 물어 엄중하게 처벌할 거다. 알았지? 이제 그만 눈물 그치고 화장실 가서 세수한 후 수업에 들어가. 과목 담당 선생님에겐 담임 선생님이 시키신 심부름 때문에 늦었다고 말씀드리고…."

그 아이는 훌쩍거리면서 연신 고개를 숙여 인사를 한 후 자리를 떠났다. 어린 나이에 감당하기 힘든 엄청난 사건을 저질렀지만 아무도 모르게 둘이 해결할 수 있고 둘만의 비밀로 남겨둘 수 있어 한편으로는 적잖이 안심되었다.

그날, 종례를 마치고 아무 말도 하지 않은 채 태연히 아이들을 집으로 보냈다. 모든 아이들이 돌아간 후 나는 돈을 잃어버린 아이의 사물함 한쪽 구석 교과서 밑에 돌려받은 돈을 잘 쑤셔 넣어 두었다.

저녁 무렵에 돈을 분실한 아이의 학부모로부터 자초지종을 묻는 전화가 걸려왔지만, 잃어버린 돈은 계속 찾고 있으니 조금만 시간을 달라고 얼렁뚱땅 둘러댔다.

아이들 모두가 등교한 다음 날이 되었다. 나는 아침 조회 시간에 돈을 잃어버린 아이에게 다시 한 번 책상 서랍 속과 사물함 구석구석을 천천히 찾아보라고 말했다. 그 아이는 사물함에 있던 모든 책들을 꺼내면서 다시 살펴보다가 한권의 교과서 밑에서 자신이 가져왔던 만 원짜리 다섯 장을 발견했다.

그리고 전혀 예상하지 못한 듯이 "어, 어떻게 돈이 여기에 있지? 어제 찾을 때는 분명히 없었는데…. 그리고 지갑에 분명 넣어두었던 것 같았는데…. 이상하다. 어떻게 된 거지? 왜 돈이 여기에 있는 거야…."

아이는 두리번거리며 돈이 사물함에 있다는 것이 전혀 믿기지 않는다는 표정을 지었다. 나는 짐짓 아무것도 모르는 척 말했다.

"정말 네 돈이 맞니? 그럼 다행이네…. 혹시 어제 지갑에 넣다가 잘못해서 빠진 건 아닐까? 아침에 분주하게 체육도 하고 바쁜 일이 많아 정신이 없다 보면 그럴 수도 있거든. 거 봐…. 여기저기 잘 찾다 보면 나올 수도 있는 거야. 네가 가져온 돈이 정말로 맞지? 그렇다면 그 찾은 돈을 내가 맡아 두었다가 오늘 직접 은행에 가서 선생님이 저축해 줄게….

그리고 또 한 가지 알려줄 사실이 있어. 어제 선생님이 스카치테이프에 있는 지문과 너희들 지문도 비교해 보았는데 단 한 명도 우리 반 아이와 일치하지 않았단다. 우리 반에는 그런 못된 손버릇을 가진 아이가 없는 것 같아. 선생님도 잠시 너희들을 의심했던 것 같아 미안하다….

그럼 그렇지…. 우리 반이 어떤 반이라고, 이렇게 열심히 공부하는 반에서 어떻게 도난 사고가 생길 수 있겠니? 괜찮아. 아직 너희들이 어리니까 귀중품을 보관하거나 관리하는 게 서툴 수가 있어. 선생님도 어디에다가 물건을 놓아뒀는지 자주 착각하고 그러는데 뭐…."

반 아이들이 상처받지 않도록 나는 적당히 얼버무렸다. 아이들 얼굴에는 다시 화색이 돌았고 다행이라는 듯이 여기저기서 환호성까지 질렀다. 그 돈을 가져간 아이도 멋쩍게 웃어 보이면서 다른 친구들과

소곤소곤 이야기를 나눴다.

그날 오후 시원하게 반 전체 아이들에게 아이스크림을 돌렸고 아이들은 여느 청소년들처럼 하루 이틀이 지나자 금방 도난 사건에 대한 일은 잊고 평온을 되찾았다. 나도 더 이상 그 문제에 대해 거론하지 않은 채 그렇게 시간이 지나갔다.

푸르른 5월이 되어 스승의 날을 맞이했을 때 그 아이는 아침에 제일 먼저 교무실로 달려와서 내 가슴에 카네이션을 달아 주었고 스승의 은혜에 감사드린다는 말을 덧붙이면서 환하게 웃었다. 이전에 있었던 일에 대한 죄책감이라든가 어두운 그늘은 전혀 찾아볼 수 없었다.

사실 나도 그 아이에게 줄 선물이 있었다. 며칠 전 집에 있는 중학교 아들 녀석이 요즘 아이들은 다 MP3를 귀에 꽂고 다닌다고 자꾸 졸라대서 사 준 적이 있었다. 그때 문득 MP3를 갖고 싶다는 그 아이 생각이 나서 하나를 더 사서 포장해 두었다.

그리고 오후 귀가 시간 그 아이를 따로 불러 선생님이 너에게 주는 특별한 선물이라고 말하면서 건네주었다. 전혀 뜻밖의 선물을 받은 그 아이는 몹시도 놀라는 표정이었다. 그다음 날 MP3를 선물해 주셔서 고맙다는 장문의 글을 써서 나에게 건넨 그 아이의 편지 여기저기에는 말라버린 눈물 자국이 뚝뚝 배어 있었다.

그 사건은 교사로서 아이를 진정으로 이해하고 교감할 수 있었던 보람되고 소중한 나의 추억으로 내 마음속에 자리 잡고 있다. 그 아이는 스승의 날 무렵이면 담임이었던 날 잊지 않고 매년 찾아온다.

나는 한 번도 그때 있었던 사건을 거론하지 않았고 그 이후 우리 학급에서 있었던 즐거웠던 소풍, 가을 체육 대회, 사생 대회 등 기억 속에 함께 공유하고 있는 추억들을 졸업 앨범을 뒤져 가면서 나눴다. 어느덧 세월이 흘러 그 아이는 명문대학교에 진학했고 열심히 공부한 덕에 장학금을 받고 다닌다고 말했다.

그랬던 그 중학생 아이가 이제는 대학을 우수한 성적으로 졸업한 후 대기업에 취업이 되었다고 뛸 듯이 기뻐하면서 전화를 했다. 마치 내 자식이 취업한 것 마냥 나도 진심으로 함께 기뻐해 주었다.

한순간 엄하고 호되게 꾸짖으면서 학교 규정대로 일벌백계(一罰百戒)할 수도 있었던 잘못을, 마음을 열고 사랑과 이해로 대해 주었을 때 의기소침해져 자칫 망가질 수 있었던 한 인생이 전혀 다른 삶으로 변화되어 가는 것을 나는 내 눈으로 직접 목격했다.

그래서 교편을 잡고 있으면서 때론 아이들이 나를 힘들게 하고 문제를 일으킬 때마다 그날 내가 소중하게 간직했던 마음가짐을 떠올려 보곤 한다. 내가 무던히 이해하고 사랑하고 용서로 대했을 때 일어나게 될 또 다른 큰 변화와 기적을 꿈꾸면서….

교사의 기도

내가 살아온 삶에 흔적을 남겨 보기로 했습니다.

나무의 나이테처럼 곱고 예쁜 물감으로 물들여 보려고 합니다.

시간이란 정성을 들여 가꾸어 온 인생의 꽃밭에는

어느새 많은 꽃들이 자라나고 피어납니다.

어떨 때는 꽃밭이 너무 작다고, 겨울이 너무 길어 땅이 거칠어졌다고,

때로는 내가 바라지 않았던 잡초가 자라 정원을 망쳐놓았다고,

투덜대기도 했습니다.

그러나 새로운 봄을 한 해 두 해 맞이할수록

땀 흘려 정성을 들인 씨앗들이

어느 덧 한 송이 신비로운 꽃으로 피어날 때면

그 생명의 경외감에 탄성과 감탄이 나오게 됩니다.

세월이 거듭될수록 아름다운 꽃으로 채워가는 자연 속에서

고개 숙여 기도하면서 겸손과 감사함을 배웁니다.

또 다른 꽃송이들이 되어 세상을 환히 비춰 줄 화사한 그들…

부디 그들에게 곱고 아름다운 봄날이 계속되기를,

갑자기 쏟아지는 소나기에도 햇빛을 바라보면서 의연해지기를,

홀로라는 찬바람과 눈발이라는 매서움도 잘 견뎌내기를,

도전하는 젊음과 아름다움을 간직하기를 늘 기원합니다.

그리고 마지막으로

잠시 머물 내 품에 있는 동안

상처받지 않고 키우고 돌볼 지혜를 간구합니다.

욱이를 사랑하십니까?

유난히 풍랑이 거칠던 어느 날 물고기 욱이는 바닷가 모래사장으로 밀려 나와 몹시 난처하게 되었습니다.

욱이는 주위를 둘러보면서 말했습니다.

"아… 아니, 이게 어찌 된 셈일까? 난 이렇게 뭍에 떠밀려 올라왔으니…. 이제 혼자 힘으로는 돌아갈 수 없게 되었어.

옳지, 그래도 나는 참 운이 좋군! 헐레벌떡 달려오는 이 남자에게 부탁해 봐야지. 나를 물속에 다시 넣어 달라고….

여보세요…. 여보세요…. 선생님. 저를 좀 도와주세요.

보시다시피… 저는… 파도에 밀려 나와서…."

그 신사는 잠시 욱이를 쳐다보더니 천천히 입을 열었습니다.

"여보게, 난들 왜 안 도와주고 싶겠나, 응? 하지만 나는 급히 저 아래로 내려가 봐야 한다네. 난 지금 어부들의 미망인들을 도우려는 모임에 가는 길인데…

좀 늦었어…. 그럼 급해서 먼저 감세!"

욱이는 멀어지는 신사를 보며 혼자서 중얼거렸습니다.

"하긴 그래. 당연히 그럴 수밖에 없었겠지…. 그 사람은 정말 시간 내기가 어려웠을 거야. 다른 사람을 도우러 간다고 했잖아….

그렇지, 여기에 또 누가 온다! 이 양반은 나를 물속으로 되던져 주지 않을까?

저기… 죄송합니다만, 저는… 말하자면… '바닷가에 얹힌 배'나 다름없지요.

그러니까… 저를 집어서 물속으로 좀 던져 주셨으면 합니다. 귀찮으시다면 저를 발로 차 넣으셔도 좋습니다."

지나치던 그 사람은 갑자기 난처한 표정을 지으면서 말했습니다.

"글쎄, 어찌해야 좋을는지 모르겠군…. 그럼… 가만있자… 내가 지금 저 물고기를, 물속으로 되던져 준다 해도 또다시 밀려 나와서는 허우적거리겠지….

그렇다고 당장 도와주지 않는다면 그는 아마… 젠장, 난 모르겠다."

잔뜩 넋두리만 늘어놓고 그 남자는 사라졌습니다.

점점 지쳐가던 욱이는 혼잣말로 말했습니다.

"정말 생각도 많은 사람이군. 하지만 그 사람이 눈치라도 채 주길 바랐는데….

내가 이렇게… 숨이 가쁘다는 것을….

으응, 여기 한 여인이… 오는군…. 그래, 이 여인은… 날 도와줄 거야….

사모님, 저는 꼼짝도 할 수 없어요….

보시다시피 저는 파도에 밀려 나왔어요….

누구 도움 없이는… 도저히… 물속으로 되돌아갈 수 없습니다.

전 이제 숨이… 차서… 아이고…. 좀 서둘러 주세요, 어서요…."

그 부인은 욱이를 무척 동정했지만 단호하게 말했습니다.

"무엇보다 더 먼저, 당신이 겪은 이 어려움이 어느 정도는 바로 당신 자신의 탓일 수도 있지 않을까요? 제 말은요. 이제 당신이 물속으로 되돌아간다면, 다시는 해변으로 밀려나지 않도록 무슨 대책이 있어야 하지 않겠느냐, 그 말이지요.

다음으로는요, 누가 매번 당신을 도와주다 보면 당신은 어떤 고치기 어려운 의존심만을 키우게 될지도 몰라요. 그렇다면 이건 오히려 당신에게 해가 되는 거지요! 마지막으로 이런 걸 한 번 곰곰이 궁리해 보셨으면 해요.

'나는 어떻게 스스로 나 자신을 도울 수 있을까?'하고 말이에요."

그 부인은 어떤 도움도 주지 않은 채 욱이를 떠나갔고 홀로 남겨진 욱이는 자신의 처지에 대해 생각해 보고 또 생각해 보았습니다. 그러면서 이젠 자신에게 시간이 얼마 남지 않았고 점점 기운이 빠지고 있음을 느꼈습니다.

그가 잠시 눈을 감았다가 다시 떴을 때, 거기에는 다른 한 사람이 서 있었습니다.

욱이는 필사적으로 소리쳤습니다.

"아… 이구! 제발 살려 주세요…."

욱이는 한 번 더 애써 보았습니다.

그러나 이 사람은 욱이의 애원을 알아듣지 못했습니다. 그는 그냥 욱이를 슬쩍 한 번 쳐다보고는 이어 파도 건너 저쪽을 바라보았습니다. 그는 슬픔에 가득 찬 얼굴로 느릿느릿 고개를 흔들었습니다.

마지막 숨을 몰아쉬며 욱이는 말했습니다.

"바다란 정말 잔인하기도 하군…."

욱이는 저 아래 바닷가로 사라져 가는 그 사람을 지켜보면서 기진맥진하여 겨우 두 번 꼬리를 퍼덕였습니다.

푸드드득….

푸드드득….

욱이는 마침내 숨을 거두었습니다. 바닷가는 한참 동안 조용했습니다. 그러고는 부드러운 조류가 밀려와 욱이를 바닷가로 되싣고 갔습니다.

곡을 하여도 눈물을 흘리지 않고 피리를 불어도 춤을 추지 않는 우리의 모습을 보여 주는 한 우화를 여러분에게 소개하였습니다. 도움을 청하는 손길에 너무나 비정하리만큼 반응이 없는 우리의 모습, 모습들….

사랑을 말하고 가르치는 우리들도 욱이를 보고 그냥 지나쳐 간 사람 중에 포함되어 있지 않은가 되돌아보아야 할 것입니다.

조그만 울타리 속에 갇혀 밖을 내다보지 못하고 '우리만'이라는 이기심, 우월감, 무관심, 겉치레 속에 우리가 있지 않았나 반성해 보아야겠습니다. 그리고 나는 여러분에게 마지막으로 다시 묻고 싶습니다.

"사랑하는 여러분, 진정 욱이를 사랑하십니까?"

인어공주

세상은 참 잔인하죠.

사랑을 위해 모든 것을 버린 당신을

이렇게 금세 잊어버리니까요.

가끔은 자유롭게 헤엄치던 시절로

돌아가고 싶은 마음에

저 멀리 바다만 멀뚱멀뚱 바라보며

눈물 흘리는 당신 모습이

더욱 처량해 보이네요.

이미 마음은 찢겨지고

꼬리도 사라져

순수하고 자유롭던 영혼은

아픔으로 가득 차 있네요.

저 바다가 다시 부르는데….

저 바다가 다시 부르는데….

당신의 구슬픈 울음이

파도 속에 메아리치며

물거품처럼 소용돌이 되어

빙글빙글 사라집니다.

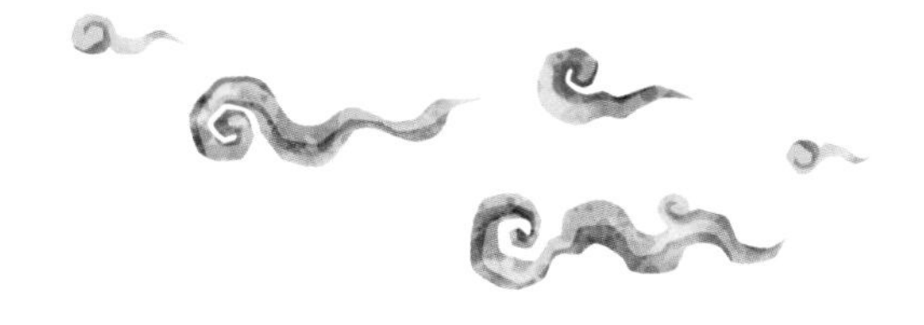

나무 그릇

나이가 들어 몸이 허약한 노인이 아들, 며느리 그리고 네 명의 손자들과 함께 살고 있었다. 기력이 달린 할아버지는 손이 자주 떨렸고 눈빛은 흐릿했으며 발에 힘이 없어 걸음도 제대로 내딛지 못할 정도로 비틀거렸다. 가족들은 저녁 식탁에 앉아 함께 밥을 먹었는데 할아버지는 떨리는 손 때문에 수저를 든 손으로 반찬과 밥을 집어 먹기도 상당히 힘들어했다.

또한, 할아버지 음식의 상당 부분은 어린아이가 밥을 먹듯 식탁 바닥에 떨어지는 경우가 많았고 물과 우유를 마실 때도 식탁에 질질 흘려 식탁보가 매번 젖었다.

아들과 며느리는 그 모습에 종종 화가 났고 더 이상 참다못한 아들이 "이거 원, 도대체 제대로 식사를 할 수가 없네. 식탁이 완전 엉망이잖아. 어떤 조치를 취하든가 해야지…"라고 언성을 높였다.

결국 그날 이후 조그만 탁자를 마루 한쪽 구석에다 갖다 놓았다. 할아버지는 그 탁자 앞에 혼자 쭈그리고 앉아 식사하게 되었고, 나머지 가족들은 식탁에 앉아 편안히 밥을 먹었다. 할아버지가 식사하면서 접시가 한 장, 두 장 깨질 때마다 음식 담는 용기는 투박한 나무 그릇으로 바뀌게 되었다.

때때로 할아버지는 가족들이 밥을 먹는 광경을 힐긋 쳐다보았는데 그때마다 홀로 밥을 삼키는 할아버지 눈에는 눈물이 고였다. 그러나 할아버지가 수저와 음식을 바닥에 흘리기라도 하면 어김없이 부부는 할아버지를 향해 고함을 질러대기 일쑤였다. 다섯 살짜리 손자는 그 모든 광경을 침묵 속에 조용히 지켜보고 있었다.

어느 날 저녁 식사 시간이 되어갈 무렵, 아버지는 아들이 마루에서 나무 조각들을 가지고 노는 것을 보았을 때 다정하게 물었다.

"아들, 지금 무엇을 만드는 중이니?"

그러자 아들 역시 부드럽게 말했다.

"오, 지금요? 아빠와 엄마를 위한 조그만 나무 그릇을 만들고 있어요. 나중에 제가 어른이 되면 할아버지처럼 이 그릇들을 쓰게 해 드릴 거예요."

말을 끝내자마자 다섯 살짜리 아들은 빙긋이 웃으면서 하던 일을 계속했다. 그 한마디를 들은 부부는 큰 충격을 받았고 어안이 벙벙해져서 할 말을 잃고 말았다. 그리고 지난 과거가 생각난 듯 눈물만 뚝뚝 흘렸다.

부부는 어떤 말도 주고받지 않았지만 지금 당장 무엇을 바로잡아야 할지 너무나 잘 알고 있었다. 그날 저녁, 아버지는 할아버지를 가족이 모여 있는 식탁 한 자리에 다시 앉혔다.

남은 생애 동안 할아버지는 가족들과 함께 식탁에 둘러앉아 식사하셨다. 부부 내외는 할아버지가 수저를 떨어뜨려도, 물을 엎질러 테이블보가 젖어도, 짜증 내지 않고 정성껏 할아버지를 돌봐 드렸다.

마음이 순수한 아이들은 스펀지처럼 주어진 상황을 있는 그대로 받아들인다. 그들의 눈과 귀는 항상 열려 있고 나중에 나이가 들어 어른이 되면 가정에서 보고 배운 대로 고스란히 행동하게 된다.

행복한 가정 분위기를 만드는 모습을 보고 자란 아이는 나중에 그 모습을 그대로 기억하면서 행복한 가정을 꾸려 나가는 경우가 많다. 따라서 부모가 어떤 본보기가 되어 가정을 이끌어 가느냐는 아이의 미래에 큰 영향을 미친다는 사실을 명심하면서 올바른 본이 될 수 있도록 신중하게 행동해야 할 것이다.

그거 아세요?
사람이 왜 죽는지?
나이가 들면
몸속에 있는 수분이 빠져나가
몸이 삐쩍 말라 서서히 죽는 거래요.

그래서 내 몸 안에
수분이 가득할 수 있도록
긍정적으로 생각하고
항상 운동하면서 살아야 돼요.

그러나
건강을 잃는 것보다 더 슬픈 건
마음이 메말라가는 사람이래요.
꽃을 봐도 아무런 감흥이 없고
무엇을 해도 신이 나지 않는
그래서 삶에 우울증에 걸린
사람들 말이에요.

부정적인 말만 내뱉고
남을 비판하면서 불평불만만 늘어놓는다면
그 마음은 이미 황폐화되고
우울증이 찾아온 증거랍니다.
풀 한포기 제대로 자랄 수 없는
사막 같은 마음으로는
검게 드리운 죽음의 병을 피할 순 없지요.

가끔은 햇볕도 들어오게 문도 열고
밖에 나가 신선한 바람도 느껴 보세요.
훌쩍 여행을 떠나는 것도 좋을 거에요.
최선을 다해 살아가는 사람들의
진솔한 모습을 지켜보면서
그들을 진심으로 돕는 것도
마음의 병을 치유할 수 있는 길이랍니다.

어제 같은 오늘을 반복하지 마세요.
내일이란 시간은
사랑을 심고 소망으로 정성껏 준비하는 자에게
행복이란 열매로 찾아오는 법이랍니다.

심령이 너무나 착하고 깨끗해서
아무런 계산 없이
남을 돕고 사랑할 만큼
바보처럼 가난한 자...
바로 그런 자들을 통해
나무에 물이 차오르듯 이 땅에 생기가 흐르고
아름다운 천국이 완성되어 가는 거랍니다.

그래서요.
나는 항상 기도드려요.
바로 당신이 예전처럼
용기 있는 모습으로
아주 맑고 투명해져서
다시 행복한 삶을 되찾길 말이에요.

눈에 보이는 게 전부가 아니라네

세상일을 관장하도록 인간의 몸을 빌려 잠시 하늘에서 보냄을 받은 두 명의 사자는 어느 날 일을 마치고 하룻밤을 쉬기 위해 어떤 집에 멈춰 섰는데, 그 집은 매우 잘 사는 집이었다. 하지만 그들이 만난 부자는 욕심 많고 거만할 뿐만 아니라 남에 대한 배려는 눈곱만큼도 찾아볼 수 없는 사람이었다. 부자는 두 명의 사자를 따뜻한 자신의 집 안으로 들이기를 거부했다. 그래도 정 쉬어가고 싶다면 차가운 헛간의 좁은 공간밖에 내줄 수 없다면서 마치 큰 선심이라도 쓰듯이 한마디 내뱉었다.

기분이 상했지만 두 사자는 지하실로 내려가서 딱딱한 바닥에 몸을 뉘었다. 그때 나이 든 사자가 벽 이곳저곳에 구멍이 뚫려있는 것을 보고 그 틈을 모두 메워 주었다.

젊은 사자는 의아해 하면서 왜 심보가 못된 부자의 집 벽을 고쳐 주는지 물어보았다. 나이 든 사자는 지그시 눈을 감으면서 대답하기를 "세상에서 일어난 일들이 눈에만 보이는 게 전부가 아닌 경우가 훨씬 더 많은 법이라네."라고 말했다.

그다음 날 사역을 마치고 또다시 밤이 되자 두 명의 사자는 묵을 곳을 찾았다. 이번에는 우연치 않게 몹시 가난하게 살고 있는 한 가정집을 방문하게 되었다. 농부와 그의 아내는 그들을 반갑게 맞이해 주었고 보잘것없었지만, 자신들이 먹으려던 음식까지 가져와 그들에게 아낌없이 베풀고 나눠 주었다. 그 부부는 자신의 잠자리마저 그들에게 양보하면서 밤새 편히 쉴 수 있도록 배려했다.

다음 날 아침, 해가 환하게 밝았을 때 두 명의 사자는 착하고 친절한 농부 부부가 울고 있는 모습을 보게 되었다. 슬픈 눈물을 흘리고 있는 이유인즉슨 그 가족이 생계를 꾸리는 유일한 수입원이었던 젖소가 들판에서 원인 모를 병에 걸려 죽은 채로 발견됐기 때문이었다.

젊은 사자는 분노하여 나이 든 사자에게 어떻게 이런 일이 벌어지도록 가만히 있었는지 따져 물었다. 처음 만난 부자는 모든 것을 가지고 있었음에도 불구하고 벽에 난 구멍을 메워 도움을 주었으면서 가난한 농부는 자신이 가진 전부를 우리에게 기꺼이 주었음에도 불구하고 유일한 재산이었던 소가 죽을 때까지 내버려 뒀다며 세상에 이런 법은 없다고 기가 차다는 듯 언성을 높였다.

그러자 나이 든 사자가 손을 내저으면서 천천히 대답하기를 "세상에서 일어난 일들은 눈에만 보이는 게 전부가 아닐 때가 훨씬 더 많은 법이라네."

잠시 주위를 둘러본 후 덧붙여 말하기를 "우리가 대저택에 머물렀던 첫날밤, 그 차가운 지하실을 기억하지? 사실 그때 나는 벽에 난 구멍 사이로 황금이 가득 묻혀 있던 것을 볼 수 있었다네. 그 집주인은 탐욕스러워 재산을 모을 줄만 알았지 자신이 가진 것을 나눌 줄을 몰랐지. 그래서 그 황금을 영원히 찾을 수 없도록 벽을 봉해 놓은 거라네."

젊은 사자는 고개를 끄덕이면서도 아직은 궁금증이 다 풀리지 않은 듯 "그렇다면 왜 가난한 농부의 젖소는 그냥 죽게 내버려 두신 겁니까?"라고 물었다.

나이 든 사자는 그 질문을 받은 후 잠시 쉬었다가 이렇게 대답했다.

"지난밤 우리가 편안히 잠자리에 들었을 때 죽음의 사자가 농부의 아내를 데리러 온 것을 보았다네. 나는 그녀를 데려가는 대신에 저 들판에 있는 소를 데려가 달라고 간청해서 그 가정의 불행이 단지 젖소 한 마리가 죽는 걸로 끝나게 한 거라네. 그러나 너무 걱정하지는 말게. 며칠 있으면 길을 잃고 산속을 헤매던 어린 소 몇 마리가 이리로 내려와서 저들의 걱정과 시름을 곧 덜어줄 테니까. 세상일이란 게 우리가 생각하고 마음먹은 대로 그렇게 쉽게 움직이거나 해결되지 않을 수 있다는 사실을 자네도 명심해 두게나."

살다 보면 일이 우리가 바라고 계획하는 대로 이루어지지 않고 어그러지는 듯이 보이는 경우가 많을 것이다. 하지만 믿음과 확신이 있다면 어떤 결과가 나오든지 간에 결국은 모든 것이 협력하여 선을 이루게 해 주실 것이다.

그러나 '그때 왜 그런 일이 일어나야만 했었을까?' 에 대한 의문은 한참 시간이 지난 후에야 차츰 풀리게 될지 모른다. 다만 어떤 경우라도 좋으신 하나님은 당신에 대해서 완벽한 계획과 준비를 하고 계신다는 사실을 잊지 말아야 한다.

깨지고 부서져 마음이 쓰리고 아팠나요?

눈물이 가득 고여 앞도 제대로 보이지 않았겠군요.

그런데 그 순간이 오히려 당신에겐 전혀 예상치 못한

또 다른 길이 열리는 기회란 걸 알고 있었나요?

아이가 엉엉 울고 어쩔 줄 몰라 할 때

부모가 한걸음으로 달려와 품어 주듯

이젠 전능자의 손길이 당신을 감싸 안을 차례이기 때문이지요.

그분의 타임 라인에는 '늦었다.' 라는 단어는 존재하지 않습니다.

삶의 의지와 소망이 끊어져 어찌할 바를 모르고 비통함에 잠겨 있을 때

그분은 당신에게 말씀하십니다.

'너는 가만히 있어 내가 하나님 됨을 알지니라.'

그분의 손길이 닿는 순간

골짝이 메워지고 사막엔 강물이 넘쳐흐르며

좁고 험난했던 가시덩굴 인생길이

어느새 시온의 대로처럼 넓어집니다.

그분의 도움을 기대하면서 기도해 보세요.

형체를 알아볼 수 없을 만큼

산산조각 난 연약한 부분을 놀랍도록 회복시켜 주시고

형형색색 눈 부신 빛을 발하는 '최고의 걸작품'으로

당신을 멋지게 탈바꿈시켜 주시기 때문입니다.

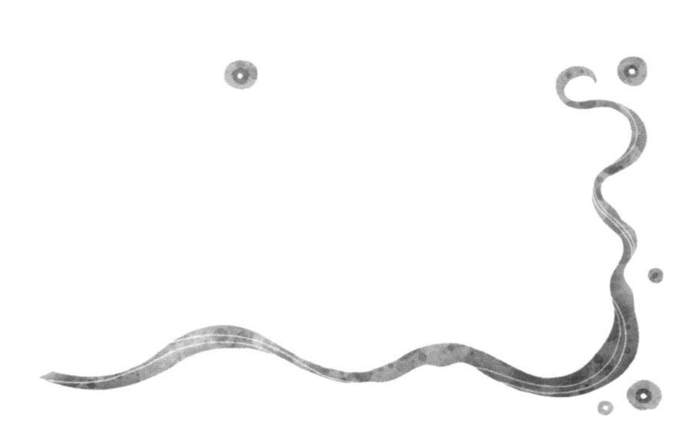

강아지 한 마리

애완견 가게 주인이 '강아지 분양합니다.'라고 쓴 문구를 창밖에 붙이고 있었다. 그 전단 문구는 그곳을 지나는 사람들의 관심을 끌기에 충분했다.

곧 한 꼬마 아이가 그 전단을 보고 주인아저씨에게 물었다.

"강아지들을 얼마에 파시나요?"

가게 주인은 "강아지는 30달러에서 50달러 정도로 가격이 각각 다르단다."라고 대답했다.

그 아이는 주머니에 손을 집어넣더니 동전들을 꺼냈다.

"제가 2달러 37센트가 있는데요. 강아지들을 잠깐 한 번 볼 수 있을까요?"

주인은 고개를 끄덕이면서 미소를 지었고 강아지들을 불러내기 위해 휘파람을 불었다. 그러자 귀여운 강아지 한 마리가 창가 앞으로 다가왔다. 곧이어 다섯 마리의 강아지들도 호기심 어린 눈으로 주인이 있는 곳으로 달려왔다.

그런데 한 마리는 뒤에 처진 채 절뚝거리고 좀처럼 앞으로 나오지 못하고 있었다. 아이는 한쪽 다리를 절고 있는 강아지를 불쌍한 듯 계속 쳐다보면서 물었다.

"저 강아지에게 무슨 문제라도 있는 건가요?"

주인아저씨는 그 강아지를 가리키면서 말했다.

"수의사 선생님이 저 강아지가 태어나는 순간 보시면서 엉덩이 관절이 어긋나서 평생 다리를 절게 될지도 모른다고 말씀하셨단다."

그러자 그 꼬마 아이는 자신의 마음을 정했다는 듯이 힘차고 흥분된 목소리로 말했다.

"아저씨, 저 강아지가 제가 정말로 사고 싶어 하는 강아지예요."

주인아저씨는 약간 놀랐지만, 단호한 표정을 지으면서 말했다.

"안 돼. 그 강아지는 팔 수 없는 거란다. 많이 절뚝거리고 아파 보이잖니…. 하지만 네가 정말로 원하고 잘 보살피고 키울 수 있다면 그냥 줄 수도 있단다."

그런데 잠시 생각하더니 고개를 내저으면서 말했다.

"아니야, 너를 더 성가시게 하고 힘들게 할 테니 그냥 없었던 일로 하자."

그 말을 듣는 순간 아이는 아주 속상하다는 듯이 크게 화를 냈다. 그리고 주인아저씨를 똑바로 노려보고 쏘아붙였다.

"그 강아지를 그냥 저에게 주신다고요? 그 강아지는 다른 강아지와 마찬가지로 30달러 이상의 가격을 받을 가치가 충분히 있다고요."

아이는 계속 씩씩거리면서 "지금 제가 아저씨께 2달러 37센트를 먼저 드릴게요. 그리고 강아지 값을 다 치를 때까지 매달 50센트씩 갚아 드릴 거예요. 그래도 되지요?"라고 말했다.

주인아저씨는 아이의 말 속에서 그 강아지를 데려가고 싶다는 간절한 진심을 느꼈기 때문에 진지하게 충고했다.

"그 많은 강아지 중에 왜 하필 이 강아지를 데려가려고 하는 거니? 그것도 돈까지 지급해 가면서 말이야. 그 강아지는 평생 제대로 걷지도 뛰지도 못하고 다른 강아지들처럼 잘 놀지도 못할 거야."

그 순간 그 꼬마 아이는 자신의 바지를 걷어 올렸다. 놀랍게도 다리는 심하게 뒤틀리고 휘어져 있었고 그 앙상한 뼈에 붙어 있는 금속 받침대가 드러났다.

다리에 심한 장애가 있었던 그 아이는 화를 가라앉히면서 차분하게 주인에게 말했다.

"그래요. 저도 제대로 뛸 수도 걸을 수도 없어요. 그래서 생각했지요. 그 강아지에게도 그 아픔을 이해해 줄 누군가가 필요할지 모른다고요. 그렇지 않다면 누가 저 강아지를 돌봐 주겠어요. 저 강아지는 그 누구도 거들떠보지 않고 버려져서 결국 죽게 될 거라고요."

아이는 울음을 터뜨렸고 주인의 두 눈에서도 어느덧 눈물이 맺혔다.

아저씨는 미안한 마음에 제대로 말을 잇지 못했다.

"아이야. 다른 강아지들도 너처럼 따뜻하고 자상한 주인을 만날 수 있도록 기도해 줘야겠구나. 어떤 모습으로 태어났다 하더라도 강아지든 사람이든 가치 있고 귀중한 존재라는 사실을 나에게 다시 일깨워 줘서 정말 고맙구나."

당신이 어떤 장애와 약점을 가지고 태어났는지는 인생에서 전혀 문제가 될 수 없다. 다만 그런 당신의 모습을 있는 그대로 받아 주고 그 가치를 인정해 줄 수 있는 사람을 만나는 것이 중요하다.

그러려면 먼저 자기 자신을 조건 없이 사랑하고 자기 자신에 대해 용기와 자신감을 가져야 한다. 또한 그런 장애를 가진 사람들을 돕고 이해하는 친구가 되어 줄 수 있는 따뜻한 마음도 잊지 말아야 한다.

다시 활짝 날개를 펼 너에게

저 멀리 창공을 날던
너의 꿈을 아직 기억하고 있지?
퍼붓던 비에 온몸이 젖어도
쉼 없이 날갯짓했던
용감했던 너의 모습은
지금도 잊을 수 없구나.

바람이 너를 부르며
구름이 친구가 되어
하늘 높이
너를 이끌어 줄 거야.

처음으로 혼자
먼 길을 떠났던 벅찬 경험과
해냈다는 그 강한 자신감은
어느 누구도 대신할 수 없는
너의 몫이었음을
늘 자랑스러워하렴.

커다란 날개에 고개를 파묻고
지금 하염없이 울고 있는 건 아니지?
다시 하늘을 날 수 있을까
의심하지도 않을 거야.
날개에 상처가 조금 있다고
너의 능력을 전부 잃은 건 아니니까….

두려움만 있다면 무엇을 할 수 있겠니.
다시 한 번 세상을 향해
당당하게 도전하는
너의 힘찬 날갯짓을 보여 주렴.
유유히 바람을 가르던
늠름한 너의 눈빛을 보여 주렴.

가야 할 길에서 멈춰 서지 않았던
그리고 절대 주저하지 않았던
자신감 넘쳤던 그 모습을
너를 통해 언제든 볼 수 있겠지?

찬란한 그 날이 다시 올 때까지
네가 하늘을 품는 그 날이 올 때까지
우리가 옆에서 도와줄게.
우리가 옆에서 꼭 붙들어 줄게.

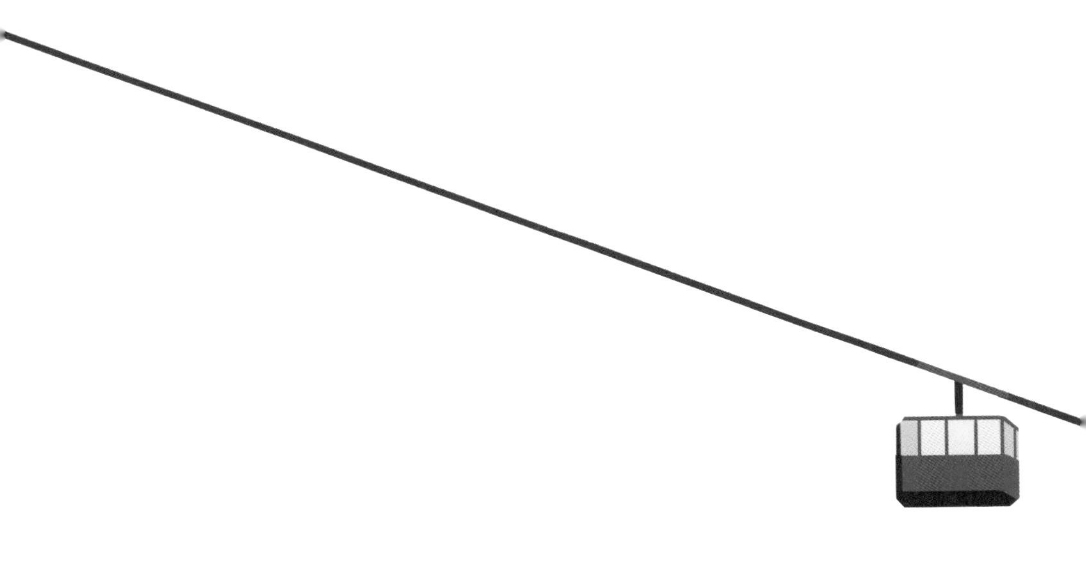

얘야, 멈추지 마렴

세계적으로 유명한 폴란드 출신 피아니스트 얀 파데레프스키(Jan Paderewski)가 런던에서 공연하던 날이었다. 그 명성에 걸맞게 연주 회장에는 공연 30분 전부터 청중들이 가득 몰렸고, 그들은 하나같이 상류층 귀족들로 하얀 레이스 옷에 우아한 가운을 입고 있었다.

명연주를 들을 모처럼의 기회에 청중들은 잔뜩 기대와 흥분에 들떠 있었지만, 아직 무대에는 공연을 위한 거대한 그랜드 피아노가 놓여 있을 뿐이었다. 스포트라이트는 고정된 채 무대 한가운데에 놓여 있는 빈 의자만 비추고 있었고 공연을 기다리는 청중들은 서로 담소를 나누고 있었다.

공연이 거의 시작할 무렵, 어느 한 부인이 자신의 일곱 살 난 아이를 데리고 들어 왔다. 부인은 자기 아들이 명연주를 들으면 피아노를 치는 데 훨씬 더 관심을 두고 열심히 노력하리라고 생각했기 때문이었다.

그런데 잠시 소란한 틈을 타서 아이가 갑자기 연주회장에서 사라져 버렸다. 잠시 후 아이가 없어진 것을 알게 된 부인은 어쩔 줄 몰라 하며 이곳저곳을 둘러보았지만 너무 어두워서 찾을 수가 없었다. 그런데 무대 위에서 이상한 소리가 들려왔다. 그 부인은 무대 위로 눈을 돌리는 순간 깜짝 놀라고 말았다. 자신이 찾고 있던 어린 아들이 그 피아노에 앉아 있는 것이 아닌가?

그 순간 스포트라이트가 아이를 비췄다. 모든 청중들의 시선도 자연스럽게 무대 위로 쏠렸는데 단조롭고 형편없는 아이의 피아노 연주에 모두들 눈살을 찌푸렸다. 그것을 지켜보던 청중들은 여기저기서 고함을 질렀다.

"아니, 저 무대가 어떤 무대인데…. 저 아이를 당장 끌어내!"

그제야 화들짝 놀란 아이의 어머니는 분노로 가득 찬 청중들을 뚫고 무대 위로 달려나가면서 크게 소리쳤다.

"죄송합니다. 저 아이는 제 아들인데 철없이 무대에 섰네요. 제발 용서해 주십시오."

그 부인은 정신없이 뛰어 나갔기 때문에 피아노 거장인 파데레프스키가 자기 아들 옆에 서 있는 것을 보지 못했다. 아이는 피아노 건반을 마치 젓가락 두들기듯 더듬더듬 치고 있었고 그 모습을 지켜보던 유명

한 피아니스트는 그 어설픈 멜로디에 따라 즉석에서 화음을 만들었다.

아이의 어머니가 무대에 다가섰을 때 피아니스트는 아이의 등을 두들기면서 이렇게 말하고 있었다.

"얘야. 멈추지 말고 계속해서 치렴. 내가 너를 돕고 있단다. 중단하지 말고 연주를 계속하렴."

술렁거렸던 청중들은 찬물을 끼얹은 듯 조용해졌고 고사리 같은 손과 그에 맞춰 화음을 만들어가는 거장의 명연주는 계속되었다. 각본 없이 진행된 그 연주는 이후 두고두고 많은 이들에게 회자되면서 가장 아름다운 공연으로 기억되었다.

우리에게도 인생이 힘들고 어려워질 때면 들려오는 내면의 목소리가 있을 것이다. "얘야. 멈추지 말고 계속하렴. 내가 너를 돕고 있단다."

독백

"종일 울었어요. 세상에 나 혼자라는 생각에…."

'누군가 힘내라고 속삭이지 않던?

그게 바로 나였는데,

그저 눈만 들면 날 볼 수 있을 텐데….'

"다리도 아프고 삶이 힘들 뿐이에요."

'혼자 힘으로 되지 않는다면

너에게 내민 내 손을 잡으렴.'

"왜 이렇게 사람들은 나를 하찮게 여기죠?"

'세상 사람들은 보석 같은 너의 가치를

아직 못 봤을 뿐이란다.

내가 너를 만들었고 넌 존귀한 존재란다.'

"깜깜하고 어두운 밤이군요.
난 오늘도 울다 잠들겠지요."
'아니, 지친 너를 위해 내가 준 쉼의 시간이란다.
네가 잠들어도 난 너를 위해 일할 거야….
내일이 오고 그다음 날이 와도
넌 내가 가장 사랑하는 아이란 걸
잊지 않았으면 좋겠구나.'

- From God -

그저 그때 저를 한 번 생각하시면서…

한 남자가 저녁 무렵 퇴근하기 위해 한적한 이차선 도로를 차를 몰고 가고 있었다. 중서부 시골 마을인지라 일거리는 거의 없었지만, 그는 낡아 빠진 폰티악 차를 몰고서 그저 소일거리 정도의 시간제 일만 간간이 하고 있었다. 지난해, 공장이 문을 닫아서 실제로 그는 실직 상태였다. 겨울 추위는 매서웠고 그 차가운 한기는 가족에게도 불어 닥쳤다. 집으로 향하는 길은 쓸쓸하고 처량해 보였다.

지역 주민들은 경제적인 어려움을 견디다 못해 하나둘 고향을 떠나갔고 그의 친구들도 작은 시골 마을을 등진 지 오래였다. 그들에게는 책임질 가족이 있었고 마음에 품은 꿈들을 이루기 위해 이곳보다 더 넓은 대도시를 선택했던 것이다.

하지만 그 남자는 자신이 태어나고 부모님이 묻혀 있는 이곳을 쉽사리 떠날 수 없었다. 그는 눈을 감고도 지금 지나는 길을 훤히 잘 알고 있었고 무슨 건물이 어느 쪽에 있는지도 척척 말할 수 있었다. 자동차 헤드라이트가 고장이 나 있었지만 어둑어둑해지려는 도로에선 그 지식이 꽤 쓸모가 있었다.

그러나 점점 어두워지고 눈발까지 조금씩 날리기 시작하면서 집까지 서둘러 가는 편이 낫다고 생각했다.

급하게 가는 길이었기에 그는 어두운 길거리 한쪽 편에서 어쩔 줄 몰라 하는 한 여인을 하마터면 그냥 지나칠 뻔했다. 희미한 불빛 아래서 그녀가 도움을 필요로 한다는 걸 직감적으로 느낄 수 있었다. 그래서 그녀의 벤츠 차량 옆에 차를 대고 도와주기 위해 앞문을 열고 나왔다.

시동을 끄고 그 여인에게 다가갈 때 낡아빠진 자동차에서는 여전히 틱틱거리는 거친 엔진음이 들려왔다. 그가 미소를 띠고 다가갔지만, 그 여인은 여전히 걱정스러운 표정이었다.

지난 몇 시간 동안 그녀를 도와주기 위해 멈춰 섰던 자동차는 한 대도 없었던 데다가 그의 남루한 옷차림 때문이었을까? 여인은 추위에 잔뜩 떨고 있었음에도 불구하고 그를 보았을 때 더욱 겁에 질려 있었다.

그는 그녀를 안심시키려는 듯이 말했다.

"부인, 저는 당신을 도와드리기 위해 온 것이지 해치려고 온 게 아니니까 안심하세요. 차가 어떻게 잘못됐는지 제가 한 번 봐 드리려고요. 바깥 날씨가 상당히 추우니까 차 안에 들어가셔서 잠시 기다리세요. 아, 그리고, 제 이름은 죠랍니다."

자세히 살펴보니 벤츠 자동차의 타이어는 어떤 날카로운 것에 찔렸는지 푹 꺼져 있었다. 자동차 바퀴가 터져서 바람이 샌 것이었다. 죠는 차량용 정비 장치인 유압기를 대고 펑크가 난 타이어 쪽을 들어 올린 후 차 밑으로 조심스럽게 기어들어 갔다.

임시 응급조치를 위해 뒤 트렁크에서 꺼내온 스페어타이어를 망가진 타이어와 교체했다. 땅바닥에 엎드려서 작업했기 때문에 온몸이 더러워졌고 타이어 바퀴 나사를 힘 있게 조이는 동안 손도 약간 삐끗했다.

거의 작업이 끝나갈 무렵 차 안에 있던 여인은 창문을 내리고 그에게 말을 걸었다. 자신은 세인트루이스에서 왔는데 이곳을 지나가던 길이었다고 말했다. 그리고 도와준 것에 대해 정말 감사하다는 인사도 잊지 않았다.

죠는 타이어 교체를 마친 후 벤츠 차의 트렁크를 닫으며 그 노부인에게 다 끝냈다는 신호로 미소를 지어 보였다. 그녀는 사례비로 얼마가 좋을지 물어보았고, 사실 남자가 어떤 금액을 원하더라도 기꺼이 지급할 마음이었다. 만약 그가 차를 멈추고 자기를 돕지 않았다면 한적한 도로에서 밤새 오도 가도 못 하는 끔찍한 일을 겪었을 생각을 하니 아찔했기 때문이었다.

그러나 죠는 사례비에 대해서는 한 번도 생각해 본 적이 없었다. 타이어를 교체하는 일은 자신의 직업이 아닌 데다가 어렵고 힘들 때마다 이미 여러 사람으로부터 자신도 여러 도움을 받았기 때문이었다. 그는 늘 이런 식으로 대가를 바라지 않고 남을 도와주었고 다른 마음을 품어본 적도 없었다.

그는 그 여인에게 정말로 되갚고 싶다면 다음번에 도움을 필요로 하는 누군가를 보았을 때 그들을 진심으로 도와주면 그걸로 충분하다고 말했다. 그리고 그는 "그저 그때 저를 한 번 생각하시면서…"라고 덧붙였다.

그는 그 여인이 차를 타고 안전하게 사라질 때까지 지켜보았다. 춥고 음산한 날씨였지만 황혼이 내린 길을 따라 집으로 향하는 그의 발걸음은 무척 가벼웠다.

몇 마일을 못 가 그 여인은 한 식당을 발견했다. 오랫동안 추위에 떨어 지쳤기 때문에 집으로 가기 전 잠시 쉬면서 간단히 뭐라도 먹을까 싶어 식당 앞에 차를 세웠다. 자세히 보니 그 식당 바깥쪽은 군데군데 칠이 벗겨져 있었고 무척 허름해 보였다. 주변에는 언제 썼는지도 모르는 두 개의 주유 펌프가 나뒹굴고 있었다. 그 풍경은 도시에서만 살았던 노부인에게는 무척 낯선 모습이었다.

식당에 들어서는 순간 문은 삐거덕거렸고 마주친 카운터 앞 계산대는 고장 난 전화기처럼 녹슬어서 제대로 소리조차 나지 않았다. 자리에 앉자 가게 여주인이 다가와서 테이블을 먼저 깨끗이 닦아 주었다. 그 여주인은 환하게 미소 지었고 하루 내내 그 미소는 계속된 듯 보였다. 그 노부인은 그녀의 배를 보고 그녀가 임신 중이고 거의 산달이 가까이 왔음을 금방 알아차릴 수 있었다. 비록 몸이 점점 무거워지고 있었지만, 그녀는 일이 고되고 힘들어서 아프다거나 지친다는 불평을 한마디도 내뱉지 않았다.

그 노부인은 식사가 나오기 전, 자신을 도와주었던 친절한 죠를 떠올리면서 어떻게 잘 알지도 못하는 낯선 사람에게 호의를 베풀며 도와줄 수 있는지 순박한 이 시골 마을에 깊은 감명을 받았다.

그 노부인은 천천히 여유롭게 식사를 마친 후 백 달러짜리 지폐를 내밀었는데 식당 여주인은 그 큰돈을 거슬러 줄 잔돈이 없다며 양해를 구하고 인근 상점으로 바꾸러 나갔다.

그 사이 노부인은 거스름돈을 받지 않은 채 슬쩍 식당을 빠져나왔다. 식당 여주인이 돌아왔을 때는 이미 그 노부인은 사라지고 없었다. 그녀는 손님이 어디로 갔을까 두리번거리다 식탁 냅킨 위에 쓰인 어떤 글귀를 보게 되었다. 그리고 그 노부인이 쓴 글을 읽는 순간 식당 여주인의 눈에서는 눈물이 맺혔다. 그 종이에는 다음과 같이 쓰여 있었다.

'당신은 나에게 빚진 게 없어요. 나도 조금 전 모르는 사람으로부터 도움을 받았으니까요. 누군가가 아무런 조건 없이 나를 도왔던 것처럼 당신을 도와주고 싶은 마음이 지금 나에게 들었습니다. 정말로 이 빚을 되갚길 원한다면 당신의 미소와 사랑을 손님들에게 계속 보여주세요. 그걸로 충분하답니다.'

식당 여주인은 그 노부인의 따뜻한 배려에 마음 깊이 감사하면서 테이블을 치우고 빈 설탕통을 다시 채우고 그 이후 들어온 손님들이 주문한 음식을 날랐다. 물론 다음 날을 위한 준비까지 끝마친 후에야 집으로 돌아왔다.

그날 밤 늦은 시간 집에 돌아와 잠자리에 들 무렵 노부인이 건넨 백 달러 지폐와 함께 남겨 놓았던 글귀에 대해 곰곰이 생각해 보았다.

'그 노부인은 우리 부부가 이렇게 큰돈이 필요하다는 걸 어떻게 알았을까? 다음 달 출산을 앞두고 정말 많이 걱정했었는데….'

그녀는 남편이 내색하진 않았지만 병원비 때문에 고민하고 있다는 것을 잘 알고 있었다. 그녀는 옆에서 먼저 잠자리에 든 남편의 이마에 부드러운 굿나잇 키스를 한 후 그의 귓가에다 나지막이 속삭였다.

"앞으로 모든 일이 괜찮아질 거예요. 그때까지 지금처럼 우리 서로 의지하면서 조금만 더 참고 견뎌요. 사랑해요. 죠."

"지금 바빠."

"할 일이 산더미 같은데 그럴 시간이 어디 있어?"

"나중에 여유 있으면 보자, 조금 한가해지면…."

시간은 상대적이다.

거절하는 사람은 모르겠지만

요청한 사람에겐 그 기다림의 시간은

천년만년처럼 길게 느껴질 것이다.

잠깐이면 될 텐데 그 시간이 지나버리면

그래서 내일이 되면 어쩌면

너무 늦을지도 모른다.

적절한 타이밍을 놓치면 다시

그 이야기를 꺼내기가 좀처럼 어렵기 때문이다.

잠시 그 사람의 처지에서 생각해 보라.
어쩌면 그 사람은 촌각을 다투는
고통스러운 순간에 괴로워하는지도 모른다.
어쩌면 극단적인 자살까지 생각하는
심각한 고민에 빠져
간절한 도움을 바라는지도 모른다.
그래서 그 순간 당신이 건넨
적절하고 따뜻한 말 한마디는
언 몸을 녹이는 한 잔의 차처럼
그 사람의 인생에서
정말 고마운 순간이 되기도 한다.

누군가가 당신과 대화하기를 원할 때
상대방은 사실 어떤 근사한 해결책을
바라는 것이 아니다.
다만, 당신의 눈빛을 통해
들어주고 공감하고 같이 아파하면서
이 세상에 적어도 내 마음을 헤아려 주는
소중한 친구가 내 곁에 있어
참 다행이라는 '희망의 반딧불'을 찾고 싶은 것이다.

오빠의 노래가 가져다준 기적

여느 엄마들처럼 카렌은 자신이 또 다른 아이를 임신했다는 사실을 알았을 때 세 살짜리 마이클에게 동생이 생길 거라고 미리 알려 주었다. 또한 새로운 식구가 여자아이라는 말을 들었을 때 마이클은 들뜨고 신이 나서 매일같이 밤이면 밤마다 태어날 동생을 위해 엄마 배에다 대고 노래를 불러 주었다.

그런데 8개월도 안 되어 카렌에게 산고가 찾아왔고 서둘러 병원으로 향했다. 30분… 5분 간격으로 끊임없이 통증이 밀려왔다. 출산이 임박했고 열 달을 채우지 못해 미숙아가 태어날 것 같았다. 마이클의 여동생이 제왕절개를 통해 엄마 배에서 나왔지만, 예상대로 숨조차 제대로 쉬지 못하는 심각한 상황이었다.

그날 밤 비상 사이렌이 울리고 구급차가 그 미숙아를 테네시 주에 있는 세인트 메리 종합 병원 중환자실 유아 병동으로 긴급 이송했다.

인큐베이터에서 여러 날 동안 치료받았지만, 아이의 상태는 점점 더 악화하여 갔다. 소아과 전문의는 미리 가족들에게 말했다.

"이 아이가 생존할 확률은 거의 희박합니다. 최악의 사태를 미리 준비하세요."

카렌과 남편은 울음이 터져 어쩔 줄 몰랐지만 짧은 삶을 살다 갈 그 아이를 항상 추모하고 기억할 수 있도록 공원묘지를 예약했고, 그 아이를 위한 방에 풍선과 리본을 달아 특별하고도 예쁘게 꾸며 놓았다. 그리고 장례식 준비도 함께 진행했다.

그동안 마이클은 자신의 여동생을 계속 보게 해 달라고 졸라대면서 "엄마, 저는 여동생을 보고 싶어요. 그리고 그 앞에서 노래를 불러 줄 거란 말이에요."라고 떼를 썼다.

가쁜 숨을 몰아쉬며 고통스러워했던 마이클의 여동생이 중환자실로 옮겨진 지 벌써 이 주가 지나갔다. 이제 마지막 고비를 넘기지 못하면 한 주 이내에 그 아이의 장례식을 치러야 할 것 같았다. 마이클은 계속해서 여동생 앞에서 노래를 불러 주겠다고 고집을 피우면서 칭얼거렸다.

그러나 아이들은 중환자실 출입이 허용되지 않았다. 그때 카렌은 중대한 결심을 한 듯이 마이클의 손을 잡았다. 중환자실의 간호사들이 제지하더라도 마이클을 데리고 들어가 보기로 마음먹은 것이다. 만약 지금 마이클이 자신의 여동생을 한 번도 보지 못한다면 영영 살아서는 보지 못할 거라는 생각이 들었기 때문인지도 모른다.

카렌은 그녀의 아들에게 지나치게 커 보였지만 소독된 수술복을 입혔다. 그리고 아기가 누워 있는 중환자실로 천천히 데리고 갔다. 마이클은 옷이 반쯤 덮여 마치 걸어 다니는 세탁물처럼 우스꽝스럽게 보였지만, 수석 간호사는 곧바로 정체를 알아내고선 카렌에게 고함을 질렀다.

"아이를 데리고 여기에 들어오면 안 된다는 걸 모르세요? 아이를 데리고 빨리 이 중환자실에서 나가세요."

그러나 강한 모성애 때문이었을까? 카렌은 온화하고 상냥했던 평상시와는 전혀 다른 모습이었다. 눈을 똑바로 뜨고 수석 간호사의 얼굴을 보면서 그녀는 단호한 말투로 말했다.

"내 아이는 여동생한테 자신의 노래를 불러 주기 전까지는 한 발자국도 물러서지 않을 겁니다."

카렌은 간호사의 제지에도 전혀 아랑곳하지 않고 마이클을 여동생의 침대 곁으로 데리고 갔다. 세 살짜리 오빠는 힘겨운 삶의 투쟁을

벌이고 있는 자신의 여동생을 올려다보았다.

그리고 눈물 고인 눈이었지만 맑고 고운 목소리에 간절한 진심을 담아 노래를 부르기 시작했다.

"너는 나의 태양.

나의 유일한 태양.

하늘이 잿빛 구름에 덮여도 너는 날 항상 행복하게 해 주었지."

놀랍게도 평상시 엄마 뱃속에서 들었던 익숙한 노래였기 때문이었을까? 인큐베이터 속 아기는 꾸물꾸물 반응을 보이기 시작했다. 마이클은 흐르는 눈물을 닦으면서 계속 노래를 불렀다.

"너는 모를 거야.

얼마나 내가 널 사랑하는지.

제발 이 밝은 햇빛을 거두어가지 말아 주세요…."

거칠고 고르지 못했던 아기의 호흡이 놀랍게도 새끼 고양이의 숨결처럼 부드러워졌다. 마이클의 노래는 계속되었다.

"지난밤 꿈속에서 내 품에 잠든 너를 보았지…."

마이클의 여동생은 놀랍게도 서서히 평온을 되찾아가고 있었다. 원칙만을 고집했던 수석 간호사의 눈에도 어느새 눈물이 고였다. 카렌의 얼굴 또한 붉게 상기되었다.

"너는 나의 태양.

나의 유일한 태양.

하늘이 잿빛 구름에 덮여도 너는 날 항상 행복하게 해 주었지."

마이클의 노래는 멈출 줄 모르고 계속됐다.

그 이후 아기의 장례식은 한참 뒤로 미뤄졌다.

다음 날로, 그다음 날로….

마침내 그 어린 생명은 죽음의 그림자를 벗어나서 집으로 돌아올 만큼 빠르게 건강을 되찾았다. 그해 여성 월간지에는 남매에 대한 특집 기사가 실렸는데 제목은 '오빠의 노래가 가져다준 기적'이었다.

먼 훗날 담당 의료진들조차도 그 사건을 기적이란 표현 이외에는 달리 설명할 방법이 없었다고 회상했다.

너의 존재

밤하늘을 올려다보면
무수히 많은 별들이 있잖니.
헤아릴 수 없을 정도로 엄청나게 많이….
그러나 그 모든 별들이
이름을 가지고 있는 건 아니란다.
매일 우리 곁에 있는 해와 달처럼 말이야….

우리가 매일 보는 해와 달도
여느 별 중의 하나일 텐데
어떻게 저렇게 아름다운 이름을 얻었을까?
그래, 가까이 있을수록
더 큰 의미가 있는 법이란다.
너도 그랬으니까….

내가 배 속에 있을 때 태명을 지어 줬고
세상에 처음 나왔을 때도
맨 먼저 너에게 이름을 붙여
불러 주었단다.

소중한 너이기에

기쁨의 너이기에

우리 가족에겐

해와 달처럼 밝고 친근하며

떼려야 뗄 수 없는 존재야.

넌, 사랑스러움 그 자체란다.

동전 한 개

텍사스 주의 휴스턴 지역 한 교회의 담임 목사가 새로 부임했다. 그 목사는 그 지역에 온 지 몇 주가 지나자 혼잡한 도심 지역에 급한 볼일이 생겼고 자가용 대신 버스를 타고 가기로 마음먹었다.

그가 버스에 올라 허겁지겁 자리에 앉았을 때 운전기사가 거스름돈으로 건넨 돈 중에 25센트짜리 동전 하나가 더 있는 것을 발견했다. 목사는 이 동전을 어떻게 해야 할지 고민했고, 순간 이런 생각이 떠올랐다.

'너는 그 동전을 돌려줘야 해. 잘못 거슬러 받은 돈을 그냥 가지려는 것은 목사로서 옳지 못해.'

그러자 또 다른 생각이 떠올랐다.

'아니, 단지 동전 하나뿐이잖아. 그냥 잊어버리라고. 누가 그 적은 돈에 신경이라도 쓴데? 버스 회사는 이미 충분한 돈을 벌고 있어. 또 그 돈이 없어진 것을 알기나 하겠어? 그냥 하나님이 주신 선물로 생각하고 조용히 있으면 돼.'

마침내 그 목사가 내릴 목적지에 버스가 멈춰 섰을 때 잠시 내리는 문 앞에서 망설였지만 결심한 듯 버스 기사에게 말했다.

"저기, 기사님. 아까 저에게 거스름돈을 주셨을 때 25센트를 더 주셨어요. 이 동전을 다시 받으세요."

운전기사는 동전을 돌려받은 후 미소를 지으며 대답했다.

"혹시 이 지역에 새로 오신 목사님이 아니신가요? 요즘 저는 예배를 드리러 교회에 다시 나갈까 고민 중이었답니다. 하지만 아직 어느 교회를 다닐지는 결정 못 했습니다. 그래서 죄송스럽게도 목사님께 잔돈을 더 드린 후 어떤 행동을 하실지 한 번 제가 지켜본 겁니다.

목사님이야말로 지극히 작은 일에도 정직하신 분이시군요. 그래서 제가 믿고 의지할 수 있는 신실하신 하나님의 종이라는 감명을 받았습니다. 저도 이번 주부터 목사님이 사역하시는 그 교회에 나가도록 하겠습니다."

버스에서 내린 목사는 가로등을 붙잡고 잠시 딴마음을 먹었던 것을 회개하면서 또 한편으로 감사의 기도를 드렸다.

'오, 하나님. 하마터면 당신께 돌아오려는 어린 양을 동전 하나에 팔아넘길 뻔했군요. 유혹에 넘어가지 않게 해주셔서 정말 감사합니다.'

우선해야 할 일

음식을 담기 전
그릇에 남은 물기를
말끔히 닦아낸 후라야
여러 가지 정갈한 요리들을
담을 수 있습니다.

우리의 삶도
마찬가지 아닐까요?
지저분한 그릇이
깨끗이 치워지기 전까지는
어떤 음식도 담을 수 없습니다.

접시의 물기를 닦아내는 일이

비록 하찮고 보잘것없어 보이지만

그런 소소한 일들부터 찾아보세요.

먼저 실천 가능한

작은 일들이 하나둘

실타래 풀리듯 해결되다 보면

나중에 더 큰 일을 감당할 수 있는

기회와 능력 그리고

강한 자신감을 얻게 될 것입니다.

나의 어머니

어린 시절 동네 친구들과 어울려서 술래잡기, 축구를 하다 보면 하루 해는 너무나 짧았고, 특히 겨울에는 어두컴컴한 무렵이 되어서야 집으로 들어가곤 했다. 먼지투성이가 되어 현관문에 들어서면 가스 불 위에서 끓고 있는 구수한 된장찌개 냄새가 내 코를 자극했다.

부엌에서 바쁘게 일을 하시다가도 대문에 들어선 나를 보기라도 하면 모든 일을 멈추시고 물 묻은 손으로 마중 나오셔서 환하게 웃어주셨던 어머니…. 그리고 어서 씻고 밥 먹으라고 말씀하셨던 어머니의 목소리는 지금도 잊을 수가 없다.

초등학교 2학년 때의 일이다. 밖에서 친구들과 놀다가 그날은 조금 일찍 집으로 들어갔다. 형과 누나는 기말시험 준비 때문에 도서관에 공부하러 가서 집에는 오늘따라 나 혼자 있게 되었다. 가족을 위해 저녁 식사 준비가 한창이신 어머니는 바쁜 손놀림으로 이것저것 준비하고 계셨다.

그런데 그때 밖에서 놀다가 더러워진 손과 얼굴을 씻고 있던 나를 부르셨다. 아마도 맛있게 끓일 된장찌개를 준비하고 계셨는데 냉장고를 열어보니 두부가 떨어진 모양이었다. 나보고 저 앞에 있는 가까운 가게에 가서 두부를 사 오라고 심부름을 시키셨는데 어머니는 그날따라 많이 피곤하셨는지 약국도 들러 피로 회복 드링크제도 사오라고 부탁하셨다. 아직은 내가 어리기 때문에 웬만하면 심부름을 잘 시키지 않으셨는데 형과 누나가 집에 없어 부득이하게 내가 가게를 다녀오게 되었다.

심부름값을 들고 밖에 나섰는데 잔뜩 흐리고 어둑어둑해진 하늘 위로 함박눈이 흩날리고 있었다. 얼마 되지 않은 시간에 엄청나게 퍼붓는 눈 때문에 앞도 제대로 분간할 수 없었다. 보통 때 같으면 이런 날에는 길이 미끄럽다고 밖에 나가지 말라고 하셨을 것이다.

그래도 나는 조심조심 가게에 가서 두부 한 모를 사고 약국에 들러 비타민 드링크제를 샀다. 눈이 내려 평소보다 시간은 오래 걸렸고 남들이 보기에는 아주 작은 일이지만 그래도 내가 집안 식구를 위해 심부름을 할 수 있다는 사실이 대견스러웠다.

하지만 그 기쁨도 잠시, 뒤뚱뒤뚱 걷던 나는 언덕배기 길에서 그만 눈길에 미끄러져 넘어지고 말았다. 한 손에는 두부, 한 손에는 피로 회복 드링크제가 들려 있었는데 그것들 모두 시멘트 바닥에 내동댕이쳐졌다.

피는 나지는 않았지만 입었던 바지는 찢어지고 무릎도 약간 까졌다. 하지만 어린 마음에 더욱 걱정된 것은 심부름으로 샀던 물건들이었다. 부드러운 두부는 네모난 형태에서 으스러진 모습으로 갈라졌고 병에 들었던 드링크제는 금이 가서 질질 액체가 흘러나오고 있었다. 어쩌다 한 번 심부름을 시켰는데 어처구니없게도 실수를 저지르고 만 것이었다.

그러나 길바닥에 넘어져 울고 있을 여유가 없었다. 빨리 집에 가야겠다는 생각밖에 들지 않았다. 집에 가면 보나 마나 어머니에게 크게 혼나겠지만 그래도 서둘러 가는 편이 낫겠다는 생각이 들었기 때문이었다. 재빨리 헝클어진 두부와 드링크제를 조심조심 들고 집으로 향했다.

집까지 가는 그 짧은 거리가 얼마나 길게 느껴지던지, 그리고 얼마나 부끄럽던지….

풀이 죽은 모습으로 나는 현관문을 열었다.

어머니는 "심부름은 잘하고 왔니?" 물어보시면서 나를 맞아 주셨는데 옷에 묻은 흰 눈도 제대로 털지 못한 채 엉망진창이 되어버린 내 모습을 보시곤 깜짝 놀라시며 물었다.

"민준아? 도대체 무슨 일이니? 왜 그런 거야? 어디 다쳤어?"라고 물으시다가 눈발이 거세게 흩날리는 바깥 날씨를 보시더니 그제야 모든 상황을 아셨는지 잠시 동안 가만히 서 계셨다.

나는 그만 무안하고 미안한 나머지 큰 소리로 울음을 터뜨렸다. 그런데 어머니는 내가 들고 온 두부와 드링크제를 현관 앞에 내려놓으시더니 가만히 나를 안아 주셨다. 그리고 다정스런 목소리로 말씀하셨다.

"괜찮아…. 오다가 길이 미끄러워 넘어졌구나. 많이 놀랐지? 어디 다친 데는 없었니? 엄마가 이렇게 날씨가 안 좋은 것을 미처 확인하지 못했네. 이런 날에는 엄마가 직접 갔어야 했는데…. 미안해…. 이런, 우리 민준이 무릎이 까졌구나. 많이 아프지? 엄마가 금방 약 발라 줄게. 걱정하지 마. 괜찮을 거야. 어유, 내 새끼…."

많이 혼날 줄 알았는데 어머니는 심부름 하나 제대로 하지 못한 나를 꼬옥 끌어안고 위로해 주셨다. 그러고는 깨져서 줄줄 새는 드링크제 바닥에 남아 있는 노란 영양분을 컵에 따르시고는 다른 이물질이 섞이지 않았는지 눈으로 확인하시곤 한 모금 드셨다.

"우리 아들이 사 온 거라 그런지 이렇게 조금만 마셔도 엄마는 힘이 펄펄 나네…. 고마워…. 아들…."

아들 기죽게 하지 않으려고 어머니는 내 앞에서 조금밖에 남지 않은 드링크제를 마시는 모습도 보여 주셨던 것이다.

그날 저녁 가족이 둘러앉은 식탁에 오른 된장찌개에서 두부는 네모난 모습이 아닌 울퉁불퉁 갈라진 모습이었다. 두부를 수저로 집어 든 누나가 퉁명스럽게 말했다.

"어라…. 엄마, 왜 이렇게 두부가 반듯하지 못하고 이 모양이야. 맛은 똑같아도, 생긴 모양 때문에 영 이상하네…."

그 순간 나는 쥐구멍에라도 숨고 싶은 심정으로 얼굴이 새빨개졌다. 된장찌개 두부를 한 수저 뜨며 어머니가 말씀하셨다.

"아니, 된장찌개가 어때서…. 두부도, 호박도 평상시처럼 맛만 좋은데…. 두부는 우리 가족을 위해서 오늘 저녁 민준이가 직접 가게에 가서 사 온 거란다. 게다가 열심히 일한 아빠, 그리고 시험을 위해 공부하고 온 형과 누나를 위해 엄마가 보는 가운데 식탁에서 민준이가 직접 두부를 썬 거야….

참, 대견하지 않니? 두부가 약간 울퉁불퉁하지만, 최고의 요리사가 만든 음식에 비교해도 전혀 손색이 없잖아? 우리 막내의 정성이 들어가니까 정말정말 맛있다…. 그렇죠, 여보?"

아버지는 어머니의 물음에 눈이 휘둥그레지면서 잠시 나를 보시더니 그렇다고 고개를 끄덕이셨고 어머니도 말씀을 마치신 후 나에게 빙그레 웃어 주셨다. 눈 내리는 저녁, 우리 가족은 온갖 웃음꽃이 피어나는 화목한 식사를 오랫동안 즐겼다.

가만히 눈을 감고 회상해 보니 벌써 30년 전에 있었던 일이다. 그런데 그 사건은 지금도 마치 어제 일어난 일처럼 생생하기만 하다. 자식의 자존심을 살려주시기 위해서 어떤 허물도 기꺼이 감싸 주시며 무척 헌신적이고 자애로우셨던 나의 어머니….

그 사랑이 있었기에 나 역시 한 가정을 이루면서 가장으로서 내 가족들에게 그때 어머니로부터 배운 사랑을 조금이나마 실천하기 위해 노력하고 있다. 하늘나라로 가신 지 오래됐지만, 그때의 일만 떠올리면 보고 싶은 어머니 생각에 눈물이 가득 고인다.

엄마의 바다

엄마의 바다에는 파도가 없다.
발목까지 잠기는
얕은 개울만 있을 뿐이다.

바다 내음이 그리워
찾아갈 때면 그저 말없이
넓고 푸르름으로 나를
반갑게 맞이한다.

때로는 밀물처럼
때로는 썰물처럼
인생을 이끌어 주시던 손길
고단함도 마다치 않고
오랜 세월 드러나지 않게
바다로 살아오신 어머니.

두 손에 들려지는 모래처럼

어머니는 항상

곱고 예뻤었는데

세월은 엄마의 바다만 남긴 채

먼발치로 사라졌다.

오늘은

나 역시 돌아갈 저 바다를

한참 동안 바라보면서

그리움에 내내 울었다.

이제 홀로 걷는 이곳에서

내 작은 아이들의 두 손을 꼭 잡고

넓은 바다에 대해

자주 이야기해 주리라.

바다가 푸르고 아름다운 이유를….

가장 중요한 것을 준다는 것

여러 해 전에 병원에서 자원봉사 일을 하고 있었을 때 나는 리즈라는 여자아이를 만났다. 그 아이는 희귀한 병으로 고통을 겪고 있었고 그 병을 치료하기 위해서는 그의 다섯 살짜리 남동생의 수혈밖에는 다른 방법이 없었다.

남동생도 같은 병을 앓았다가 기적적으로 회복되어 그 병에 대한 항체가 몸에 형성되어 있었기 때문이었다. 의사 선생님은 그 상황을 어린 남동생에게 천천히 설명해 주었고 그의 피를 누나에게 기꺼이 나눠줄 수 있는지를 물어보았다.

그 아이는 깊은 숨을 들이마시면서 잠시 머뭇거렸다. 그리고 마침내 준비되었다는 듯 "네, 제 피를 주는 게 누나를 구할 수 있다면 그렇게 할게요."라고 말했다.

수혈이 진행되는 동안 그 아이는 누나 옆에 누워 있었고 미소를 지어 보였다. 피가 수혈되면서 누나의 뺨은 생기를 되찾았다. 그런데 그 남동생의 얼굴은 점차 창백해졌고 미소도 사라져 갔다. 그는 의사 선생님을 올려다보면서 떨리는 목소리로 물었다.

"이제 곧 저는 죽게 되는 거죠?"

어렸던 그 아이는 의사 선생님의 말씀을 오해했던 것이다. 누나를 살리기 위해 몸속의 피를 모두 줘 버리면 그 대신 자신이 죽을 거로 생각했기 때문이었다.

누나를 위해 자신의 목숨도 기꺼이 내놓을 줄 알았던 다섯 살짜리 꼬마의 순수하고 깨끗한 마음….

몇 년이 지난 지금도 그 모습은 마음속 깊은 울림으로 남아 있다.

봄날
꽃을 자라게 하는 것은
밤새 내리치는
요란한 천둥 번개가 아니라
촉촉이 흘러 내려
꽃잎을 적시는
빗방울이라고 합니다.

해맑게 자라는
우리 아이들에게도
진심과 사랑이 담긴
따뜻한 말을 해주세요.

때론 화가 나서

큰 소리 치고 싶을 때가

한두 번이 아니겠지만

그 순간 한 번만 더 생각해 보세요.

정말 어떤 말이

우리 아이들에게

가장 필요하고 어울릴 지를...

맛없는 짜장면

오후 세 시 무렵, 주변 회사 손님들이 모두 식사를 마치고 한가해진 틈에 잠시 쉬려는 사이, 허름한 여름옷을 입은 할아버지 한 분이 작은 아이와 함께 중국집에 들어오셨다. 가을로 접어든 지도 한참이 지났는데 얇은 옷차림을 보니 조금 쌀쌀하겠다는 생각이 들었다.

무엇이 즐거운지 여섯 살 또는 일곱 살 남짓한 꼬마는 들떠 보였고 재잘대는 모습으로 보아 할아버지의 손자인 것 같았다. 다가가서 공손히 주문을 받았는데 어찌 된 영문인지 딸랑 짜장면 하나만 시켰다. 그래도 정성껏 마련해서 갖다 드렸는데 할아버지는 짜장면을 비비더니 곧바로 손주 녀석에게 건넸다.

다른 손님들이 없어 한가했기에 그 두 명을 자세히 바라볼 수 있었는데 아이가 허겁지겁 먹는 모양새로 보아 몹시도 배가 고팠었음이 틀림없었다. 할아버지는 그런 손주의 모습을 한시도 눈을 떼지 않고 그저 지켜만 보고 있었다.

아이가 거의 식사를 마칠 무렵 나는 주방장을 큰소리로 손님이 있는 홀(hall)로 불러냈다. 그리고 다짜고짜 짜장을 한 사발 떠 와서 짜장에 기름기가 왜 이리 많은 거냐고 야단을 쳤다. 물론 한쪽 눈을 지그시 감으면서 말이다.

그 후 할아버지에게 다가가 "어이구, 손님 죄송합니다. 음식이 영 잘못 나온 것 같네요. 금방 다시 해서 올리겠습니다."

그러고 나서 눈치 빠른 주방장에게 다시 짜장면을 해 오라고 시켰다. 군만두도 서비스로 가져오라고 하면서…. 어안이 벙벙했던 할아버지와 아이는 새로 가져온 김이 모락모락 나는 짜장면과 군만두를 아무런 의심 없이 사이좋게 나눠 먹었다.

배불리 식사를 마치고 난 후 할아버지는 주머니에서 꼬깃꼬깃한 천 원짜리 몇 장을 꺼내 계산하려고 하셨다.

나는 그 돈을 뿌리치면서 "저희 집은 음식을 잘못 만들면 그날은 돈을 받지 않습니다. 정말 죄송합니다. 오늘은 그냥 가셔도 됩니다."

잠시 후 손주의 손을 잡고 중국집 문을 나서는 할아버지는 이미 눈치를 채고 있었다는 듯이 나지막한 목소리로 뒤를 돌아보면서 연신

"고맙네, 고마워…."라고 하셨다.

잠시 그들을 배웅하기 위해 따라 나섰다가 올려다본 늦가을 하늘은 참 맑고 푸르렀다.

나의 소망

나의 이야기를 담는 그릇은
맑고 투명했으면 합니다.
투명한 얼음처럼 속이 다 비치는
깨끗함을 지녔으면 합니다.
겨울의 찬바람과 세월의 무게에 짓눌려도
영롱한 빛깔을 그대로 드러내는
순수한 얼음이 되고 싶습니다.
그러다가 어느 날 햇살이 비추면
한 방울 두 방울 나의 무거운 짐을 내려놓으며
졸졸 흐르는 반가운 물소리와 함께
개울가와 마을에 따뜻한 봄이 왔음을
가장 먼저 알리며 천천히
눈부신 모습으로 사라지고 싶습니다.

- 고 김수환 추기경님 말씀처럼
내가 태어날 때 나는 울고 모든 사람이 웃었다면
내가 이 세상을 떠날 때는 거꾸로
나는 편안히 미소 짓고
모든 사람이 슬퍼 눈물 흘리는 삶을 살아야겠지요.

한 천사의 사랑

하늘에서 한 천사가 하나님의 명을 받고 이 땅에 왔대. 한 아이의 목숨을 거둬 오라는 것이었지. 심한 불치병 때문에 아이는 거의 숨이 넘어가기 일보 직전이었어. 그런데 천사가 그 영혼을 거두는 순간 천사의 옷자락에 무언가 뜨거운 것이 떨어졌어.

눈을 돌이켜 보니 아이보다 한두 살 위인 어린 누나가 고사리 같은 손을 모아 동생을 끌어안으면서 간절히 기도하면서 흘리는 눈물이었어. 부모가 없는 자신에게는 이 어린 동생이 전부라고, 제발 살아날 수 있게 해 달라고….

그 기도와 눈물이 얼마나 간절했는지 보는 사람의 마음을 뭉클하게 했단다. 천사는 순간 멈칫했지. 어떻게 해야 할까 하고 말이야…. 자신의 사명을 잊게 할 정도로 소녀의 기도는 간절했고 가슴 시린 장면에 천사는 그만 감동하게 됐단다.

한참을 망설이다가 천사는 벌을 받을 줄 알았지만 하늘로 그냥 돌아갔대. 그리고 생각했던 대로 자신의 임무를 소홀히 한 죄로 그만 천상에서 추방됐다네. 그렇게 한참을 지상에 내려와 방황하는데 그 아이가 있던 소녀의 집에 잠시 들르게 되었지.

병상을 털고 일어난 아이와 누나인 소녀는 그 누구보다도 다정한 오누이가 되어 이제는 행복하게 지내고 있었단다. 그런데 방의 벽면 가운데 자신의 모습을 그린 그림이 있었던 거야. 온화하고 다정한 모습으로 아이의 손을 잡고 있는 천사 자신의 모습 말이야….

그리고 그 밑에는 '사랑의 천사님이 내 동생을 지켜 줘서 지금은 건강하게 다 나았어요. 고마워요. 천사님!'이라고 쓰여 있었지. 천사는 화들짝 놀라서 그 방을 나왔는데 동네 벽면마다 자신의 그림이 여러 장 붙여져 있는 거야. 소녀가 아마 아이의 목숨을 거두러 왔을 때 기도하다가 자신을 봤었나 봐.

그리고 자신이 아이의 목숨을 거두려다 그냥 빈손으로 돌아갔단 사실을 모르고 오히려 자신들을 지켜줬다고 생각했던 거지. 천사는 자신의 임무를 충실히 수행하지 못해 비록 내쫓겼지만, 남매에게 긍휼과 사랑을 전한 것에 대해 오히려 기분이 좋고 뿌듯해졌어.

그 순간 하늘에서 하나님의 음성이 들렸어.

"사랑하는 천사여, 내 곁으로 오라…. 네가 행한 사랑이 얼마나 많은 사람에게 은혜와 축복을 베풀었는지 깨닫도록 내가 잠시 벌을 내린 것처럼 너를 지상으로 보낸 것이니라. 세상은 올바르고 정의로운 목소리보다 용서와 사랑의 마음이 가득 할 때 더 행복해짐을 네가 몸소 실천하게 되어서 나도 기쁘노라."

천사는 감격의 눈물을 흘리고 경배하면서 하나님의 부름을 받아 다시 하늘나라로 올라갔단다. 당연히 해야 할 임무보다 돌봄과 배려, 사랑을 실천한 이 천사에게 하늘에서는 큰 칭송이 쏟아졌고 이후 더 높은 천사장으로 승격하게 되었단다.

그 천사가 누군지 아니?

우리에게 기쁜 소식을 전하는 '가브리엘' 천사란다. 예수님이 탄생했을 때 마리아에게 나타나 구주 나심을 알렸던 영광의 천사 말이야. 좋으신 하나님은 사랑과 은혜, 그리고 헌신을 베푼 우리들도 때가 되면 가브리엘 천사처럼 높여주시겠다고 약속하셨어.

그러니까 잊지 마! 내 주위에 도움을 필요로 하는 그들에게 안타깝게 여기는 긍휼의 마음, 사랑의 마음을 가지고 다가가야 함을….

우리는 부름 받은 하나님의 사람들이라는 것도….

인생이 이렇게만 된다면
더 근사하고 멋지지 않을까요?

땀에 젖은 셔츠가 추하거나 더럽지 않고
오히려 열정적으로 보인다면….

월요일 출근길이 하나도 짜증 나지 않고
재미있게 기다려진다면….

입맛 당기는 정크 푸드가 건강에도 좋고
살도 찌게 하지 않는다면….

여자아이들이 사소한 일에도
속상해하거나 우울해 하기보다는
언제나 활짝 웃는 아름답고 긍정적인
마음들만 간직한다면….

남자아이들이 자라가면서

겉멋 들어 건방 떠는 모습보다는

진중하고 책임감 있는

삶의 자세를 더 많이 배워 간다면….

‘안녕’ 이란 말이 영원한 이별을 의미하지 않고

‘내일 다시 만나자!’ 라는 뜻으로만 받아들여진다면….

우리가 꿈꾸고 바라는 목표와 계획들이

인생을 사는 동안 최소한 절반 이상

기도와 노력을 통해 이룰 수 있는

행복한 시간으로 가득 채워진다면….

강아지와 꼬리

원래 옛날에 강아지들도 원숭이처럼 하늘로 곧게 뻗은 꼬리를 가지고 있었대. 앞으로 가고 뒤로 갈 때도 항상 꼬리를 치켜세우고 걸었지. 그런데 키와 몸집이 작다는 이유로 다른 동물들에게 놀림을 받았던 거야. 하마나 사슴이 와서 이유 없이 툭툭 치기도 했고 심지어 원숭이들까지 자신의 꼬리를 심하게 흔들면서 놀려댔지.

나지막하게 으르렁거리면서 싫다는 표현도 해봤지만 짓궂은 장난은 멈추지 않았대. 너무 속상하고 화가 났던 착한 강아지는 자신의 꼬리를 어느 순간부터 감추기 시작했어. 더 이상 동물들에게 놀림 받기 싫었거든. 그 후 꼬리는 둘둘 말려 볼품없게 되었고 잔뜩 풀이 죽어 지냈단다.

그런데 그러던 어느 날 한 사람이 곁에 온 거야. 그리고 마음에 상처받은 강아지에게 다정하게 손을 내밀어 주었어. 심하게 접힌 꼬리를 어루만져 주고 머리까지 쓰다듬어 주었을 뿐만 아니라 심지어 자신의 품에 안고서 다른 동물들의 놀림까지 막아 줬던 거야.

강아지는 고마움의 눈물을 흘렸고 그 은혜를 잊지 못해 사람을 보게 되면 반가움에 자신의 꼬리를 힘차게 흔들게 된 거란다. 비록 볼품없고 돌돌 말린 꼬리지만 말이야.

그런 인연으로 강아지와 사람은 가장 좋은 친구가 되었대. 그래서 지금은 누구보다 늦게까지 우리 곁을 지키며 사랑을 받고 사랑을 주는 귀한 가족으로 오래오래 함께 살게 된 거란다.

그러니까 너도 어려울 때 친구들을 돕는 것이 얼마나 중요하고 값진 일이란 걸 절대 잊으면 안 돼.

"실수했지? 잘못했지?" 하면서
심하게 다그치는 자세는
어쩔 줄 몰라 하는 상대방의 마음을
시퍼렇게 멍들게 할 뿐만 아니라
주어진 결과도
더 악화시킬 뿐이다.

그보다는
"조금 틀리고 잘못된 것 같은데
어떻게 해결할 수 있을까?" 라고
말하는 태도가
상대방의 마음을 읽고
문제에 대한 해결책을 찾을 수 있는
보다 지혜로운 방법이다.

가장 어렵다는

사람의 마음을 얻기 위해서는

세심하고 배려 깊은 말 한마디가

필요할 뿐이다.

꼬마를 사랑한 지구

꼬마야, 너는 잘 느끼지 못하겠지만 네가 서 있는 지구가 왜 계속 돌고 있는지 아니? 지구도 처음에는 그냥 가만히 멈춰서 있었대. 또한 이 땅에는 너처럼 귀엽고 예쁜 또 다른 꼬마가 살았던 거야.

그런데 이 꼬마는 맑은 날만 일 년 내내 계속되는 평범한 날씨가 너무 지루하고 재미없다고 칭얼대기 시작했어. 덩치 큰 지구는 이 꼬마의 말을 귀담아들었어. 왜냐하면, 지구는 그 아이를 아주 많이 좋아했거든.

그래서 꼬마의 친구였던 지구는 어떻게 하면 자신의 친구를 웃게 할 수 있을까 곰곰이 생각했어. 지구가 잠시 자신의 몸을 돌려 봤더니 천천히 바람이 불게 되었지.

난생처음 느껴보는 시원한 바람에 꼬마는 재미있어서 깔깔대고 웃었단다. 하늘에서는 구름도 지나가고 그동안 꿈쩍도 안 하던 해도 움직이기 시작한 거야. 신비로운 자연의 변화는 다 지구가 회전한 덕분에 생겨나게 되었단다.

그리고 한참이 지나자 해가 뉘엿뉘엿 지면서 깜깜한 밤이 찾아왔고 휘황찬란한 달과 별도 떠올랐지. 꼬마는 무척 신기해하면서 그 모습을 한참 동안 지켜봤단다. 꼬마가 웃는 모습을 같이 바라보던 지구도 정말 행복해했단다.

며칠이 지나자 그렇게 바람과 구름, 낮과 밤을 좋아하고 즐거워했던 꼬마가 갑자기 시름시름 아파왔어. 아마도 엄청나게 큰 지구가 회전하면서 미처 적응이 안 된 그 아이가 멀미와 어지럼증을 느끼게 된 거 같았지.

걱정되었던 지구는 어떻게 하면 친구인 꼬마가 건강을 되찾을까 고민하게 되었고 낮과 밤은 그대로 두되 자신이 도는 모습을 꼬마의 기억에서 슬며시 지워버리기로 했어. 그리고 꼬마를 깊은 잠에 빠지게 했지.

지구의 배려 덕분에 한참 후 잠에서 깨어난 꼬마는 건강을 되찾았고 어지럼증 증세도 완전히 사라졌어. 물론 바람도 불고 낮과 밤은 계속되었지만 말이야. 그런데 꼬마는 그만 가장 좋은 친구였던 지구를 그만 까맣게 잊어버리게 되었단다. 그러나 마음씨 넓은 지구는 전혀 원망하지 않았고 그저 꼬마를 먼발치에서 바라보는 것으로 만족해했어.

그 이후 평생 한결같이 지구는 자신의 존재를 드러내지 않고 말없이 회전하면서 꼬마를 지켜 주었고, 지금은 이 땅을 떠나 별이 되어 버린 그 꼬마를 많이 그리워한대.

이따금 우리가 보는 하늘에서 내리는 비는 그 아이가 보고 싶어 흘리는 지구의 눈물이란다.

꼬마야, 너에게 낮과 밤이라는 선물도 주고 바람과 구름을 느끼게 해 준 지구의 고마움을 잊으면 안 돼. 그리고 좋은 친구인 지구의 마음도 앞으론 절대 아프게 하지 말자. 나랑 약속한 거 잘 지킬 수 있지?

지구는 지금도 너를 사랑해.

당신을 만난 후

그대는 내게 참 고마운 사람입니다.
한여름 소나기처럼 다가와
풀잎마다 싱그런 초록으로
물들여 놓았으니까요.

몸속 깊숙이 꽃가루가 번져가듯
당신의 사랑이 내 안에
고운 향기가 되면
꽃으로 활짝 피어납니다.

사랑받는다는 것,
존중받는다는 것,
그래서 마음이 한껏
부풀어 오른다는 걸
이제 당신을 통해 알아갑니다.

내 안에 그대가 있듯

그대 안에 영원히 내가 있길 바랍니다.

보이는 곳부터

보이지 않는 곳까지

'우리' 라는 아름다운 이름이

새겨지길 소망합니다.

아름드리나무가

계절을 좇아

봄이면 꽃이 피고

가을이면 열매를 맺듯

한 해가 끝날 무렵이면

짙고 선명한 추억의 나이테까지

우리 안에 남기고 싶습니다.

그래서

가락과 풍미를 지닌 천 년의 거목처럼

당신과 손잡고 오래오래

행복을 만들어가겠습니다.

내게 한 걸음 다가온

나만의 소중한 당신….

영원토록 당신을 사랑하겠습니다.

– 이 땅 지구가 아름다운 것은 예쁜 자연,

그리고 고마움과 사랑을 느낄 줄 아는

우리가 살고 있기 때문이다. –

수박과 포도

너 그거 아니? 사시사철 맛있게 먹는 과일에도 출생의 비밀이 있다는 거. 그중 한 가지는 수박과 포도에 관한 건데, 둘은 원래 한여름에 자라는 과일이었대. 둘 다 색깔은 초록 빛깔이었고 수박과 포도의 열매 크기도 거의 똑같았단다. 수박은 참외 크기만 했고 포도는 원래 딱 한 알만 열렸는데 토마토 크기 정도였어.

여러 해 동안 과수원의 같은 땅에서 서로를 의지하면서 한창 더운 여름에 각각 열매를 맺었고, 이 열매는 과수원을 돌보는 주인에게도 흐뭇한 기쁨이었단다.

그렇게 과수원 한 곳에서 수박과 포도가 무럭무럭 자라던 어느 날이었어. 인내심이 약간 부족했던 수박이 갑자기 불평 섞인 한마디를 했지. 날도 이렇게 더운데 포도랑 같이 있으니까 너무 좁아 답답해 미치겠다고. 그러면서 포도를 슬쩍 흘겨봤지.

포도는 한 몸처럼 여겼던 친구의 한마디에 속이 매우 상했어. 자신 역시 오랫동안 수박과 같이 지내면서 가끔 불편할 때가 있긴 했지만 한 번도 싫어했던 적은 없었거든.

그렇지만 마음 착한 포도는 며칠을 고민했어. 이 문제를 어떻게 풀어 갈까 하고. 마침내 포도는 중대한 결단을 내렸지. 자기가 차지하고 있었던 비옥했던 자리를 친구인 수박에게 양보하기로 한 거야. 과수원 주인도 이 일방적인 다툼을 안타까워하면서 여러 번 말려 봤지만, 성미 급한 수박의 계속되는 투정과 포도의 너무나도 간곡한 요청 때문에 어쩔 수 없이 받아들이게 되었단다.

그래서 포도 넝쿨을 수박에서 떼어내 다른 곳으로 옮겨 심어 주었어. 친구의 행복을 먼저 바라는 포도의 따뜻한 배려의 마음을 과수원 주인은 생생하게 기억하면서 말이지.

포도가 사라진 넓은 땅을 차지한 수박은 욕심보가 달린 듯 엄청나게 커져 갔어. 이전의 크기보다 몇십 배는 더 자라고 무게도 엄청 나가게 되었지.

더운 날 수박은 초록 빛깔에 땀까지 차서 검게 그을린 줄이 온몸 바깥에 나타나기까지 했어. 그런데 그 수박 안을 잘라봤더니 꽉 찬 알

맹이는 없고 거의 물로만 가득 차 있었단다. 더군다나 커다란 빨간 얼굴에는 덕지덕지 검은 점들이 흉할 정도로 엄청나게 많이 박혀 있던 거야. 수박은 어디에다 말도 못하고 자신의 욕심만 부린 걸 후회하게 되었어.

한편 포도는 자리를 수박에게 양보했지만 새로운 터전에서 최선을 다했지. 그리고 여름이 아닌 가을에 결실을 맺기로 자신의 시간까지 늦췄어. 친구인 수박이 자신과 마주칠 때 혹시나 불편해하지 않게 하기 위한 배려 때문이었지.

포도는 이제 시간이 넉넉하니까 차근차근 영글어 가면서 초록이 아닌 잘 익은 포도주처럼 보랏빛으로 익어 갔어. 또한, 전처럼 급하게 열매도 한 알만 크게 맺지 않았단다. 작지만 여러 알이 송이송이 먹기 좋게 하나하나씩 열렸지. 포도원 주인은 그 알알마다 인내의 한 알, 사랑의 한 알, 수확의 한 알 등 여러 이름을 붙여 주었고, 그 열매들은 주인에게 말할 수 없는 기쁨이 되었단다.

그 이후 덩치는 크지만, 물로만 가득 찬 수박은 무더운 여름에, 열매를 주렁주렁 알차게 맺는 포도는 가을에 만날 수 있게 된 거란다.

그런데 중요한 사실은 이제부터야. 과수원 주인은 자신을 아예 수박원지기가 아닌 포도원지기로 명명하면서 좋은 비유를 들 때 포도나무만을 예화 속에 언급하곤 하셨단다.

“나는 포도나무요. 너희는 가지니 나를 떠나서는 아무 열매도 맺지 못하느니라. 또한, 포도송이처럼 사랑, 화평, 희락, 온유, 양선 등의 열매를 많이 맺는 유익한 사람이 되어라”는 말씀을 자주 하셨지.

자신만을 생각할 줄 알았던 수박과는 달리 친구를 먼저 생각해 주는 배려 깊고 인내심 많았던 포도는 과수원 주인 아니 포도원 주인으로부터 가장 사랑받고 아끼는 과일로 자리매김했고 오늘날에도 여러 사람의 입에 꾸준히 오르내리며 사랑과 칭송을 받는 소중한 존재로 높임을 받게 된 거란다.

두 부류의 사람들

지금도 많은 사람들은 성공을 위해
열심히 살아갑니다.
그러나
성공에 대해 제각각 다른 꿈을 꾸기에
나중엔 전혀 다른 종착역을 향해
가고 있는지 알지 못한답니다.

첫 번째 사람들은
성공을 향해 한 걸음 한 걸음씩
꾸준히 걸어가되
'나' 라는 세상보다는
'우리' 라는 행복한 세상을 꿈꿉니다.
사랑의 온기가 오래오래
많은 사람에게 전해지길 바라는
따뜻한 마음을 가졌기에
배려와 나눔에도 앞장서지요.

움켜만 쥐려는 인생이 아닌

남과 더불어 사는

향기로운 인생의 멋을 알기에

늘 사랑과 인정이 넘친답니다.

그래서 그들을 통해

이 땅에 하늘나라가 이루어지게 됩니다.

두 번째 사람들은

성공에 눈이 멀어

어떤 수단과 방법도 가리지 않습니다.

남이 손해를 보건 고통을 당하든

전혀 개의치 않고 마음속에는

자신의 이익만을 추구하려는

욕심과 허영심이 가득하지요.

처음에는 사회적으로 명성을 얻고
성공도 모두 얻은 듯 보이지만
그 뒤에는 탐욕으로 가득 찬 이기심이
결국, 자신을 파멸로 이끌 뿐만 아니라
주위도 풀 한 포기 자라지 않는
어두움의 그늘로 만들 뿐이랍니다.

— 배려할 줄 아는 아이가 큰 인물이 된다.
그런 건 결코 시간이 남아돌아서 한가할 때 하는 것은 아니다. —

동갑내기 신혼부부 아내의 일기

알콩달콩 하루를 사는 것도 재밌잖아. 넌 매일 아침 부스스 일어나면 화장기 없는 내 얼굴에 소스라치게 놀라 뒷걸음치지만 그런 너를 붙잡아서 난 사정없이 뽀뽀하면서 뜬금없이 "행복해?"라고 묻곤 했지.

너의 일그러진 얼굴 표정이란…. 우습고 귀여워.

"배고파 죽겠다"고 네가 아침부터 찡얼거릴 때 "오늘은 신랑이 챙겨주기!"라고 팔짱을 끼면서 한마디 덧붙이면 너는 비록 입을 삐죽거리지만 득달같이 부엌으로 달려가 있는 재료, 없는 재료를 다 넣어 김치 볶음밥을 해 오지. 계란 프라이도 하나 정성껏 올려서 말이야.

네가 만든 음식을 맛있게 냠냠 먹으면서 역시 자기가 최고라고 엄지를 치켜들면 자기는 좋아서 어쩔 줄 몰라 했어. 비록 볶음밥이 조금

짜고 탔어도 말이야.

주말에 소파에서 텔레비전을 조금 보거나 방에서 뒹굴뒹굴하다가 내가 "이러다 살찌겠다. 나가서 운동하자!"라고 제안하면 너는 마지못해 그러자고 맞장구치지.

그러나 폼에 살고 폼에 죽는다고 둘 다 옷만 껴입는 데 시간이 너무 걸려 운동은커녕 먼저 파김치가 된 적도 있었어.

밖에 나가도 와들와들 추워지니까 넌 빨리 들어가자고 재촉이고 난 "남자가 그깟 추위도 못 참아!"라고 꼬집으면서 태연히 말해. 그러면 넌 자기를 잡아 보라면서 쏜살같이 저 멀리 달려가 사라져 버리지. 마치 힘자랑하듯 말이야.

한참 운동을 하다가 네가 안 보여서 두리번거리면 어느새 네 손에는 따뜻한 커피가 들려 있어. 모락모락 올라오는 커피 향도 좋지만 배려하는 너의 모습에 코끝이 찡해지고 감동 또 감동하여 좋아라고 헤죽헤죽 웃어.

집안일하고 청소하고 저녁에 꼬르륵 소리와 함께 출출해지면 네가 먼저 "치맥 어때?"라고 제안해.

난 "자기 뱃살은…." 하면서도 시치미 뚝 떼고 후다닥 현관으로 먼저 나가 있지. 잘 못 하는 저녁 준비에 오늘도 걱정이 이만저만 아니었는데 네 덕분에 좋다고 속으로 감사만 연발하지.

나중에 술 취해서 못 걷겠다고 하면 너는 날 업어 주겠다고 넓은 등을 덥석 내밀고 나는 여왕 행차하듯 와락 업히지. 근데 날 업기도 전에 넌 앞으로 꽈당 넘어져 남자 체면을 여지없이 구겨버렸잖아.

그러면서 "여자가 왜 이렇게 무겁냐?"라고 감히 눈치 없이 말해. 네 등짝을 찰싹 때리면서 눈 흘기고 집으로 뛰어가면 너는 잽싸게 달려와 그런 나를 와락 뒤에서 끌어안아 줬지.

사실 커피보다 자기 품이 훨씬 더 따뜻했었어.

하루를 마감하는 밤이 오면 깨끗이 씻고 나란히 눕지. 너는 벌써 드르렁 코를 골고 대자로 뻗어 침대를 혼자 다 차지하고선 깊은 잠에 빠져 버렸어.

나만 남겨 두고서 말이지. 한동안 잠든 너를 지켜보고 솜이불을 포근하게 덮어 주면서 난 우리 둘만의 이 소중한 행복이 오래오래 지속하길 날마다 빌어. 잘 자! 내 사랑, 내일 또 만나자!

신혼 열차

신혼 열차에 올라타신
여러분께 잠시 알려드립니다.
이제 역을 막 출발하는 기적 소리는
앞으로의 인생이
둘이 아닌 하나임을 알려 주는
영원의 신호입니다.

먼 길을 함께 떠난다는 생각에
서로를 바라보는 것만으로
가슴 설레고 든든하겠지만
한편으론 책임감도 밀려올 겁니다.
부디 열차 안에서
처음 스치듯 지나가는 풍경들을
무심코 보지 마시고
오래도록 마음에 담아 두세요.

열차가 오르막길을 오르다
지치고 느려져서 멈칫하는 순간이 오면
차곡차곡 담아두었던 멋진 경치들을
하나씩 떠올려 보세요.
어느덧 첫 출발의 기적 소리에
심장이 두근댔던 그 시절이 생각나
지금 눈앞에 닥친 어려움을 이겨 낼
지혜와 힘이 생길 겁니다.

열차가 곡선으로 지나갈 땐
잠시 덜컹거리며 흔들릴지도 모릅니다.
선로에 부딪히는 기차 바퀴의
시끄러운 소리도 무척 신경이 쓰일 테고요.
그러나 당신이 꼭 쥐고 있는
사랑의 열차 티켓을
다시 한 번 들여다보세요.

종착지인 하늘 역까지는

아직 한참을 가야 하며

당신 곁에는 동행할

가족들도 하나둘 보이기 시작할 겁니다.

단 한 번뿐인 인생의 여정에서

조금 참고 견디면서 사랑으로 보듬어갈 몫은

온전히 여러분의 행복한 선택이 되겠지요.

부디 긴 시간이 흘러 목적지에 도착했을 때

만족과 감사의 미소를 짓는

유쾌하고 즐거운

신혼 열차의 주인공이

바로 여러분이 되길

진심으로 기원합니다.

– 떼려야 뗄 수 없는 사랑과 결혼이란 아름다운 이름,

그 이름의 한가운데에는 소중한 당신이 있습니다. –

참고 문헌

사이트 : http://www.heartwarmingstories.net